EU, THIAGO

SUPERANDO AS TEMPESTADES

Catalogação na Fonte
Elaborado por: Josefina A. S. Guedes
Bibliotecária CRB 9/870

	Domingos, Cristian F.
D671e	Eu, Thiago : superando as tempestades / Cristian F. Domingos.
2023	1. ed. – Curitiba : Appris, 2023.
	132 p. ; 23cm.
	ISBN 978-65-250-4501-6
	1. Ficção brasileira. 2. Homossexuais. 3. Lésbicas. 4. Bissexuais. 5. Transexuais. 6. Teoria Queer. 7. Assexualidade. I. Título.
	CDD – B869.3

Editora e Livraria Appris Ltda.
Av. Manoel Ribas, 2265 – Mercês
Curitiba/PR – CEP: 80810-002
Tel. (41) 3156 - 4731
www.editoraappris.com.br

Printed in Brazil
Impresso no Brasil

Cristian F. Domingos

Eu, Thiago
Superando as tempestades

FICHA TÉCNICA

EDITORIAL	Augusto V. de A. Coelho Sara C. de Andrade Coelho
COMITÊ EDITORIAL	Marli Caetano Andréa Barbosa Gouveia - UFPR Edmeire C. Pereira - UFPR Iraneide da Silva - UFC Jacques de Lima Ferreira - UP
SUPERVISOR DA PRODUÇÃO	Renata Cristina Lopes Miccelli
PRODUÇÃO EDITORIAL	Nicolas da Silva Alves
REVISÃO	Katine Walmrath Samuel Donato
DIAGRAMAÇÃO	Bruno Ferreira Nascimento
CAPA	Sheila Alves

Existir é deixar pequenos fragmentos
da nossa alma ao longo do caminho,
este é um dos meus.

(Cristian F. Domingos)

A uma pessoa muito especial,

minha professora da quarta série, que foi a primeira que pôde ver como realmente sou e tratou-me como um ser humano antes de tudo. Muito obrigado, professora Ivone, mesmo tendo já partido, estará guardada em minhas memórias e no meu coração enquanto eu viver. Graças a esta grande professora e pessoa que você foi em sua existência me doando uma fração do seu tempo, hoje posso dizer o quanto amo ler e escrever.

SUMÁRIO

PRÓLOGO

Primeiramente gostaria de deixar meus agradecimentos pela aquisição da obra, este é meu primeiro livro e a história a seguir conta um pouco sobre um jovem universitário relatando como foi seu processo de descobrimento de sua sexualidade em meio à nossa sociedade turbulenta. Não é meu desejo prolongar e acabar contando a história antecipadamente, no entanto sinto a necessidade de dizer algumas poucas palavras.

Peço que leia de coração aberto, reflita sobre as páginas a seguir e quando terminar a leitura espero que possa ter um novo ponto de vista sobre o assunto, independentemente de qual seja. Não é meu intuito forçar a pensarem minhas ideias prontas, apenas desejo que você possa formar sua própria ideia.

Esta é uma obra de ficção, toda e qualquer semelhança com a realidade é apenas coincidência e reflete o meu desejo de demonstrar um pouco de como um adolescente pode se sentir perdido em todo o processo de naturalidade sexual.

Desejo a todos uma boa leitura e que a história possa lhe agradar, nos vemos na última página, no epílogo, e assim poderemos conversar melhor sobre o conteúdo da obra.

Atenciosamente,
O autor

CAPÍTULO 1

O QUE ME MOTIVA

Ao sair da faculdade, estava dirigindo meu carro, quando parei numa loja de jogos, por incrível que possa parecer, um universitário também gosta de jogos eletrônicos. Foi quando me deparei com uma cena que mexeu muito comigo, trazendo memórias de algum tempo no passado...

Vi um garoto que provavelmente estava entrando em sua adolescência, com 12 ou 13 anos, uma linguagem corporal um pouco mais feminina e jeito de falar gesticulando, olhava as prateleiras de alguns títulos de jogos, do outro lado havia outros garotos de quase a mesma idade, entre 11 e 15 anos. Os adolescentes estavam provocando e ridicularizando o garoto que tinha jeito mais feminino, eles faziam insinuações descaradas sem se importar com quem estava na loja como se fosse a coisa mais normal do mundo.

O garoto que ouvia as provocações saiu correndo pela loja chorando, saindo porta afora, pensei em ir atrás abraçá-lo e confortá-lo, mas a realidade bateu mais uma vez dura na minha porta, se fizesse o que tinha em mente, se eu tivesse ido atrás do garoto, provavelmente eu seria mal interpretado pondo a minha liberdade em risco. Quando fui até o balcão para pagar pelo que compraria, levo outro tapa na face, o balconista faz um pequeno, mas sujo e nojento comentário sobre o garoto que havia saído momentos antes; no mesmo instante, dei as costas para o balconista, abandonando os itens que iria comprar e deixando o homem sem entender nada.

Peguei meu carro e enquanto dirigia para casa não consegui tirar o garoto na loja da minha cabeça, os outros adolescentes provocando e o comentário do balconista. Pensei que, se pudesse, reuniria todas as pessoas do mundo e os faria ouvir a minha história e a história de tantas outras pessoas que passaram o que passei ou coisas ainda piores, para que assim talvez outras crianças não tivessem que viver o que acabara de presenciar, mas isso seria impossível e, mesmo que fosse possível, muitos, talvez a maioria, não se comoveriam e não entenderiam a não ser que vivessem e sentissem em suas próprias almas e é por esse motivo que começo a escrever estas linhas, não tenho o nobre objetivo de conscientizar o mundo inteiro, mas quem sabe posso tocar o coração de quem as ler e assim amenizar o sofrimento de muitas crianças, adolescentes e jovens adultos que são atacados e agredidos de múltiplas formas em suas vidas cotidianas apenas por serem um pouco diferentes dos demais.

Seja qual for a diferença, ainda somos pessoas que amamos, sonhamos, e desejamos viver como todos de forma normal, natural e igual.

Este que agora escrevo não é um conto em que falo o que acontece com os personagens, incluindo o personagem principal, é apenas um relato de como vi, senti e vivi uma pequena parte da vida e com coragem, compreensão, amizade e amor pude superar. Não peço que aceitem, apenas que reflitam sobre...

Atenciosamente, Thiago.

CAPÍTULO 2

CADERNO DE DESENHOS

Era uma segunda-feira de primavera, o professor de artes tinha faltado, o professor de educação física então juntou os últimos anos e os levou para o ginásio da escola, as garotas foram jogar vôlei enquanto os garotos jogavam futebol, nós nos organizamos em três times: um do nono ano A, outro do nono ano B e os que sobraram se juntaram em um time misto das duas turmas; durante a partida, me peguei olhando para um garoto do nono ano B e disfarçadamente perguntei a um colega do nosso time o nome daquele garoto.

— Acho que é Jonathan, por quê?

— Por nada, é que parece que ele está pegando meio pesado.

— Ele costuma dar umas entradas meio duras.

— Já jogaste com ele antes?

— Nós jogamos nas sextas à tarde no ginásio de esportes.

— Não vou muito ao ginásio.

— Deveria ir, tem umas meninas muito gostosas que vão assistir aos treinos.

No decorrer do jogo, percebi que quando Jonathan vinha pegar a bola eu a trancava tentando provocar um contato mais direto. Pensei estar provocando-o pelas faltas que ele havia feito antes e não dei muita importância.

Na aula que era para ser de artes, o professor de educação física juntou novamente as duas turmas, mandou que fizéssemos um desenho livre, fiquei a aula inteira olhando para o Jonathan e lembrando-me do jogo enquanto rabiscava o caderno de desenhos sem dar atenção ao que estava desenhando, mesmo porque era um desenho livre sem muita importância. Só me dei conta quando o sinal do intervalo de quinze minutos entre a terceira e a quarta aula tocou, o meu melhor amigo, Gabriel, vinha em minha direção, fechei rapidamente o caderno de desenhos e o enfiei debaixo da carteira, me levantando e indo em direção ao Gabriel, saímos e fomos para o intervalo.

Eu e Gabriel costumávamos caminhar pelos corredores da escola, o Gabriel sempre falando dos peitos da Michele ou das coxas da Cíntia, eu apenas concordava e repetia um ou outro comentário que ele havia feito em dias anteriores, já que eu não sabia o que dizer; mesmo sendo meu melhor amigo, não queria fazer perguntas idiotas para ele e acabar passando por bobo; me convenci de que ele havia entrado na puberdade antes de mim, já que ele era um ano mais velho que eu e fazia todo sentido, pois eu tinha certeza de que acabaria por despertar em mim essa atração por peitos, coxas e bundas, afinal até mesmo eu me considerava muito infantil.

Os quinze minutos de intervalo terminaram tão rápido como sempre, voltamos para a sala e ficamos esperando o professor, eram duas aulas torturantes de matemática, ele nos deu uma folha com muitas equações de primeiro e segundo grau para resolver e entregar no fim da segunda aula com os rascunhos, eram contas tão grandes que quase me ocupavam meia folha de caderno cada uma. Quando o sinal do fim da quinta aula tocou, entreguei as folhas muito rapidamente e fui para casa, a cabeça ardia de tantos cálculos. Em casa tomei um comprimido para dor de cabeça e fui me deitar, só saí do quarto para jantar e subi novamente.

No dia seguinte, o despertador do celular tocou, eram seis horas, levantei, fui tomar banho, troquei de roupa e desci para a cozinha, tomei meu café e fui para a escola como de costume; ao chegar no colégio, fui direto para a sala de aula; alguns colegas da turma estavam no canto cochichando e apontando, mas não dei atenção, deixei minha mochila na carteira e quando ia sair pude ouvir mais claramente o que eles estavam conversando, percebi o meu nome depois palavras como viado e bichinha, olhei para eles e eles estavam me olhando, era para mim que estavam apontando os dedos e no centro da roda onde eles estavam vi meu caderno de desenhos. Saí da sala de aula e fui até o banheiro, joguei um pouco de água no rosto e olhei minha imagem refletida no espelho, comecei a pensar no que estava acontecendo, Jonathan, apenas um nome, nada mais que um nome, esse seria o começo da minha crucificação e em breve todos da escola iriam começar a falar do garoto do nono ano A que tinha em seu caderno de desenhos um nome com alguns corações malfeitos e rabiscos aleatórios, aquele nome, Jonathan.

Ao sair do banheiro, procurava uma desculpa qualquer para me justificar e sair daquela situação, foi então que esbarrei no Gabriel.

— Thiago, você está bem?

— Est... estou, sim.

— Você sabe quem é o carinha que estão comentando por aí?

— Não torra, Gabriel.

— Espera, o que deu em você?

Saí sem falar mais nada, o sinal da primeira aula já havia tocado, quando entrei na sala ainda vi alguns colegas no canto conversando em uma pequena comoção, vi o Gabriel se sentar e virar perguntando para a garota que se senta atrás dele sobre o que estavam falando, logo após ele me olhou, baixou a cabeça e ficou quieto, do outro lado da sala ainda pude ouvir dois garotos falando em tom mais alto.

— Como é mesmo o nome do namorado do Thiago?

— Cara, sei lá.

— Vai perguntar pra ele.

— Eu não, pergunta você, não sou eu que quero saber.

— Não quero saber, só tirar onda com o viado mesmo.

— Cara, se eu fosse você, ficava longe, toma cuidado porque boiolice pega.

— Você é tenso, Henrique.

— Que nada, esses tipinhos nojentos nem deveriam estar aqui no meio da gente.

— Pior que é verdade.

— Imagina se ele tenta te agarrar, Gustavo?

— Eu enfio porrada, não quero nem saber.

— Eu também.

Tentei falar alguma coisa, mas a minha voz não saiu, as palavras sumiram da minha boca e da minha mente, não tinha ideia do que fazer e percebi que estava cada vez mais sem saída. Eu estava com vergonha e enfurecido, mas não sabia o que falar e não podia fazer nada, eles eram mais fortes e se eu tentasse lutar ou se eles fossem para cima de mim eu levaria a pior e, com certeza, seria expulso, sentei-me na cadeira debruçado sobre os braços, comecei a chorar.

O professor entrou na sala e a conversa diminuiu, mas ainda se ouviam muitos cochichos e risos, o pior foi que o professor começou a acompanhar os murmúrios e a rir discretamente com eles. Continuei procurando uma forma de acabar com aquilo, mas já era tarde, já havia tomado proporções que eu não poderia controlar, tentei argumentar, mas não me ouviram. No intervalo entre a terceira e a quarta aula, saí antes do que o Gabriel pudesse me ver, mas pensei que ele também não queria ser visto comigo naquele momento, pois acabaria na fogueira comigo. Procurei por um lugar onde pudesse me esconder e me enfiei entre o murro e o canto esquerdo da casinha do zelador, quase ninguém passava por ali e era difícil enxergar até a parte do fundo daquele canto, só queria ficar lá sentado e esperar o sinal bater, mas não era meu dia de sorte, um pouco depois de me enfiar naquele lugar, um garoto do segundo ano apareceu e foi logo acendendo um cigarro e me olhando atravessado.

— Se contar pra alguém, te mato, muleke.

— Só quero ficar aqui sozinh... Quieto um pouco.

— O que tu aprontou? Tá se escondendo de quem?

— De ninguém, só quero ficar quieto.

— Acho que tô sacando qualé a tua, tu é o muleke do nono ano que estão falando por aí, não é?

— Não enche, cara.

Já ia saindo, mas vi o Gabriel passando com outro garoto também do segundo grau, então voltei e me sentei no canto cabisbaixo.

— Relaxa, muleke, não tenho galho com isso, não, mas você deu muito mole, tão falando que tinha seu nome no caderno assinando uma declaração de amor e tudo.

— Tô ferrado.

— Não esquenta, daqui a poco passa, essa zoação é normal, logo eles se cansam e acham outro para perturbar.

— Normal porque não é com você.

O começo da quarta aula bateu, então fui para a sala, entrei de cabeça baixa, andei até a minha carteira e vi um monte de coisas escritas como "viado" "bichinha" e frases muito mais pesadas; ao olhar para o quadro, tinha mais um monte de desenhos e mais frases; já quase chorando, novamente fui até o quadro e comecei a apagar; nisso a professora entrou na sala, não falei nada, ela olhou para o quadro, depois para a classe e perguntou o que estava acontecendo; um dos garotos que sentava na frente explicou a situação do jeito que ele havia entendido. Quando terminei de apagar o quadro, já com o rosto encargado em uma torrente de lágrimas, fui pro meu lugar, nisso alguns dos que se sentavam perto de mim se levantaram.

— Professora, nós temos que ficar aqui perto dele? Vai que ele tenta agarrar alguém.

— Não tem como tirar ele, não?

— É, é, vai que contamina a sala toda com boiolice.

A professora olhou para os alunos, ponderou por alguns segundos e em tom arrogante começou a discursar para a sala, suas palavras me atingiam atravessando o peito como se fossem estacas. E dirigindo o discurso para mim foi logo me condenando sem dar chance de defesa.

— ...Thiago, isso é coisa de quem não tem Deus no coração e se você continuar com isso vai acabar indo para o inferno. Você não quer que sua alma seja condenada, quer? O amor de Deus pode te curar...

Não conseguia mais ouvir nada, minha cabeça zumbia e não consegui mais sustentar aquela situação, chorando e soluçando catei meu material, saí da sala correndo, passei pelo portão sem nem olhar para os lados. Fora da escola, me sentei em um canto da praça central, onde não podia ser visto a não ser que chegassem muito perto, por sorte não havia muito movimento, fiquei lá sentado chorando sem saber o que fazer ou o que pensar, não conseguia entender o que deu em mim para fazer aquele desenho, foi muito inconsciente, quase que mecânico. Quando vi os primeiros alunos apontarem no outro lado da praça, me levantei rapidamente e fui para casa, tentando evitar cruzar com eles.

Na frente da minha casa, estava minha mãe esperando; quando me aproximei, já com os olhos secos, sem lágrimas para derramar, mas muito inchados e vermelhos, ela me agarrou pelo braço.

— Thiago, onde você estava até agora? Fiquei morrendo de preocupação, a diretora me ligou e disse que você saiu no meio da aula sem explicações.

Levantei um pouco o rosto para olhar para minha mãe, pensei em contar tudo o que aconteceu, mas ela não me deu a oportunidade, me fitou nos olhos e me sacudindo de um lado pro outro começou a falar em um tom mais alto que o normal, quase berrando.

— VOCÊ USOU DROGAS? TAVA CHEIRANDO MACONHA? FUMOU PÓ?

Cansado, sem entender nada, procuro as palavras para acalmá-la e respondo para ela.

— É fumando maconha, mãe, e cheirando pó, mas não fiz nada disso.

— Então por que esses olhos tão vermelhos? E seu rosto está todo inchado.

— Não foi nada.

— Como assim não foi nada? Thiago, volta aqui, eu ainda sou sua mãe e você me deve uma explicação.

Saí correndo porta adentro, passei pela cozinha voando, subindo as escadas sem olhar onde pisava, tropecei algumas vezes enquanto rezava para ela não me alcançar, entrei no meu quarto trancando a porta por dentro e deixei a chave na horizontal para que ela não conseguisse abrir com a reserva, me atirei na cama com tudo, cobrindo a cabeça com o travesseiro, não queria falar nada nem ouvir nada só queria ficar lá sozinho, quieto, no mais completo e profundo silêncio, mas ela veio, tentou me chamar, não respondi, ela tentou abrir a porta, mas não conseguiu, então começou a esmurrar e chamar mais alto.

— Thiago, abre essa porta... Abre a porta agora... Se não abrir essa droga de porta, vou mandar seu pai arrancar ela fora... Não vai abrir?... Tudo bem, a diretora me chamou para conversar amanhã na escola, de um jeito ou de outro fico sabendo o que está acontecendo...

CAPÍTULO 3

NA DIRETORIA

Com a cabeça latejando e cheia, eu me encontrava perdido, sem conseguir pensar com clareza acabei adormecendo. Em meio ao sono, veio a imagem de Jonathan dançando e tirando as roupas bem na minha frente, quando ele ia abrir o zíper da calça, não sei por que infernos ele estava de calça jeans sem o uniforme da escola e muito mais bonito do que na realidade...

Eu ia me aproximando sem medo e no momento em que ele abaixou as calças me acordei suado e tremendo, meu corpo fervia, o coração batia descontrolado, parecia que estava encharcado, no início achei que tinha urinado na cama, mas quando botei a mão pude sentir que era algo viscoso, grudento, fiquei um pouco desorientado, mas lembrei das aulas de biologia quando a professora explicou que, às vezes, o corpo reage mesmo sem nosso estímulo e isso poderia acontecer durante o sono então pude entender do que se tratava, foi uma reação involuntária do meu corpo, talvez a soma de desejo, medo e estresse. Me levantei, catei uma cueca limpa e outra muda de roupa, pois a que vestia era do colégio e estava encharcada de suor, fui tomar banho, mas antes de entrar no chuveiro parei uns instantes na frente do espelho que tomava parte da parede e dava pra ver o corpo inteiro, eu nunca tinha feito isso, mal arrumava o cabelo no espelho acima da pia do banheiro, mas algo me impulsionou, comecei a me olhar no reflexo e perguntar o que estava errado comigo, por que tudo aquilo tinha de acontecer. Eu não me achava feio e tinha até algumas garotas da escola que gostavam de mim, só que eu não sentia nada por elas, por que eu tinha que justamente me sentir atraído por um garoto do nono ano B? Então as palavras da professora me vieram à cabeça, será mesmo que uma pessoa vai para o inferno só por gostar de um outro garoto? O que eu poderia fazer para consertar isso? Eu não queria ir para o inferno, não queria gostar do Jonathan e me doía ter aquele sonho, por que eu tinha que sonhar com coisas erradas? Novamente me vi perdido parado diante do espelho procurando entender o que estava acontecendo e foi assim que me encontrei à deriva sem um destino e quase sem esperanças.

Me veio à mente tudo o que aconteceu um dia atrás no colégio novamente, a cena do cara que estava fumando do lado da cabana do zelador misturando-se com a cena do sonho e me pego novamente olhando para o espelho, meus olhos já não dava de enxergar a cor azul vibrante que normalmente tinham, estavam tão vermelhos e inchados com bolsas escuras. Meu peito latejava com o pulsar acelerado do coração, mesmo não me achando feio, agora eu estava literalmente ferrado, que menina iria querer sair com um cara com fama de boiola? Meu cabelo era comprido, descendo até os ombros, lisos e loiro-escuros, eu não era muito alto, tinha um metro e cinquenta e oito, magro e meio encorpado, mas nada disso me adiantaria mais, por vezes disse a mim mesmo diante do espelho que não me importava com as garotas e outras tantas me repreendi porque iria para o inferno com passagem só de ida se pensasse assim. Mergulhando em um imenso turbilhão de emoções, me atirei debaixo da água fria do chuveiro querendo esquecer de tudo, afogar meu desespero que estava me afogando.

Quando saí de baixo d'água, saí muito mais leve, coloquei minhas roupas e me olhei mais uma vez no espelho grande, apenas dei de costas para meu reflexo e tudo o que me perturbava. Deitei-me na cama e dormi um sono leve sem pensamentos conturbados para me pesar a consciência, um sono profundo e gostoso. Quando me acordei de manhã, não me sentia eu mesmo, estava mais tranquilo e calmo, até que minha mãe bateu na porta e rompeu o estado de paz em que me encontrava.

— Thiago, se levanta e se arruma pra escola que hoje nós vamos juntos.

E agora o que eu ia fazer, não queria ir para o colégio de jeito nenhum, muito menos com minha mãe, mais de trezentas cenas do que ia acontecer passavam na minha cabeça em flashes e nenhuma ideia do que fazer para me safar da situação. Por fim, percebi que já não tinha mais nada com o que me preocupar, eu havia arruinado minha vida inteira e agora iria ter que aguentar uma longa bronca somada a uma cena de desespero e constrangimento e minha única fuga era não ir para o colégio, mesmo que tivesse que dar uma de rebelde me trancando no quarto até ela sair. Respirei fundo e gritei com toda força dos meus pulmões.

— EU NÃO VOU PARA O COLÉGIO HOJE, NEM NUNCA MAIS, NÃO PISO NAQUELE LUGAR PELO RESTO DA MINHA VIDA...

— Para de teimosia, Thiago, se arruma rápido e abre esta porta que ainda tenho outro compromisso hoje de manhã, ANDA LOGO.

— JÁ DISSE QUE NÃO VOU E PRONTO, SE QUISER IR FICA À VONTADE, MAS EU NÃO VOU, NÃO VOU E NÃO VOU.

— Está bem então, se vai bancar o teimoso, tudo bem pra mim, mas você vai se entender com seu pai hoje e vou dizer pra ele tirar esta porta e te dar um bom castigo, o que você prefere: sem videogames ou sem mesada?

— Eu não me importo, pode tirar tudo, até a cama se quiser... Não volto praquele maldito colégio nunca mais.

— Não seja teimoso, Thiago, abre logo a porta e vamos.

— NÃO.

— Thiago, se não abrir essa porta agora, eu vou... Eu vou...

— Não vou pra aula, eu já disse: não me importo mais com nada, eu não vou e vou morrer trancado aqui dentro, não saio e pronto.

— Cansei, se quiser ser teimoso, tudo bem, mas você vai se entender com seu pai quando ele chegar.

Uns dez minutos depois, escutei o carro sair da garagem e pude respirar aliviado, meu estômago estava doendo de fome e deixei a ideia de morrer trancado para mais tarde, resolvi descer até a cozinha para pegar algo para comer, tomar um café. Para minha surpresa, quando cheguei na cozinha, minha mãe estava lá sentada me esperando com o café pronto e a mesa posta, ela me enganou muito bem.

— Não adianta fugir, meu filho, senta e toma o café da manhã, quem tem aula é você, não eu, não tenho horário para ir ao colégio falar com a diretora, mas se você não quiser ir para a aula hoje tudo bem, no entanto tem que ir comigo quando eu for falar com a diretora.

Fiquei parado em pé em silêncio por alguns minutos e ela me olhando da mesa, pensei na situação em que me encontrava, mas não cheguei a ponto algum, tive que me render, havia perdido essa luta, sentei à mesa para tomar meu café da manhã, ela pegou o suco na geladeira, deu a volta na mesa de mármore branco, se sentou na cadeira ao meu lado colocando a jarra em cima da mesa e pegando um copo no porta-copos, encheu de suco de laranja natural, me estendeu o copo olhando para mim e para os meus olhos.

— O que houve com você na escola que não quer voltar lá, meu filho? Seus olhos estão ainda mais vermelhos e inchados que ontem; me desculpa, eu estava nervosa, preocupada com você e falei a primeira coisa que me veio à cabeça, achei que você podia estar cheirando maconha, mas agora vejo que essa vermelhidão e inchaço são de tanto chorar.

— É fumar maconha, mãe, o pó é que se cheira...

— Que seja... Você não quer contar o que está havendo? Vai ser melhor do que chegar na escola e ser pega de surpresa.

— Eu não consigo... É complicado... Eu nem entendo...

— Tudo bem, não precisa chorar mais, termina seu café e depois vamos à escola.

Enrolei no café da manhã o máximo que pude, mas só estava adiando o inevitável; quando se trata de assuntos da escola, minha mãe é a primeira a chegar sempre em reuniões e entregas de boletins, ela iria lá de qualquer forma e me arrastaria junto. Terminei o café, subi para o meu quarto para me arrumar, com minha mãe a tiracolo, e ela já foi logo catando a chave da minha porta.

— Mãe, eu não vou me trocar com a senhora aí.

— Tudo bem, tô te esperando lá embaixo, mas vê se não demora como no café da manhã, já são quase nove horas, nunca vi alguém demorar quase duas horas num café.

Troquei-me o mais rápido possível, afinal ficar enrolando seria só adiar a sentença, então era melhor sofrer tudo de uma vez só. Quando desci já fomos direto para o carro, minha mãe não perguntou mais nada, apenas me olhou algumas vezes; quando chegamos ao portão do colégio, meu coração começou a palpitar acelerado, cada vez mais sentia que iria saltar pela boca a qualquer momento; bateu ainda mais rápido quando vi o carro do meu pai saindo. O que ele estava fazendo na escola? Acho que minha mãe não viu, pois estava manobrando o carro de um lado e meu pai saiu pelo lado oposto, mas reconheci o carro e o motorista mesmo que tenha sido muito rápido.

Quando estávamos entrando na diretoria, dei de cara com os dois garotos da minha classe que tinham feito os comentários em som mais alto; quando me viram, começaram a falar em tom baixo de cochicho, mas dava pra escutar muito bem.

— Olha, o boiolinha voltou...

— Mas não era ele que estava internado no hospital?

— Todo mundo estava falando que era.

— Mas se não foi ele então quem foi?

— Sei lá, mas bem que podia ter sido o veadinho, assim a gente se livraria dele logo.

— Verdade.

— Se não fosse por ele, nós dois não estaríamos na diretoria.

— Se eu for suspenso, ele vai se entender comigo.

— E comigo também.

Minha mãe escutou tudo, virou para mim com um olhar gélido e eu congelei ainda mais que os olhos dela; ao invés de estourar pela boca, meu coração agora parecia que ia parar de súbito; uma sensação estranha que tomou conta de todo meu corpo, fiquei parado, não conseguia me mover; logo após me olhar daquele jeito, ela virou para os dois garotos e os fulminou com um olhar fervendo de raiva; e quando ela se preparava para falar alguma coisa que não faço ideia a diretora veio correndo na minha direção.

— O meu... graças a Deus! O menino está vivo! Fiquei preocupada, tomei um grande susto, seu pai saiu agora há pouco desesperado em direção ao hospital...

— Hospital? Como assim, do que a senhora está falando? E o que o meu marido estava fazendo aqui se não tivemos nem a oportunidade de conversarmos ontem, pois ele chegou muito tarde do trabalho, nem o vi chegar e teve de sair cedo?

— Me desculpe, dona Catarina, vamos entrar para conversar melhor e eu explico, mas primeiro é melhor a senhora ligar para o seu marido e dizer que está tudo bem com seu filho, ele saiu muito preocupado... Vocês dois, crianças, podem voltar para a sala de aula, depois mando chamá-los, e os dois se preparem, porque vão ser suspensos e só vão poder entrar com a presença dos pais...

— Alô... Antônio, cheguei à escola agora e a diretora disse que você esteve aqui, eu não estou entendendo o que está acontecendo, mas ela disse para ligar e avisar que o Thiago está bem... Sim, ele está aqui comigo... Tudo bem... Não precisa se preocupar, vou conversar com a diretora aqui e você pode voltar para o escritório tranquilo, querido... Aham, aham, entendo... Então tá, nos vemos em casa... Até depois...

— Mãe, o que o pai disse? Ele falou alguma coisa?

— Não, ele só disse que não tinha cabeça para o trabalho e que conversaria comigo quando chegarmos em casa.

— Por aqui, dona Catarina.

— Obrigada, diretora Ana. Anda, Thiago, vem, não fica aí parado como um dois de paus.

— Pode sentar-se.

Quando a diretora começou a falar, fui ficando colorido, branco, preto, roxo, vermelho, azul, não conseguia olhar para minha mãe, abaixei a minha cabeça e apenas sentia seu olhar pesado sobre mim e meu coração começou a afundar ao se espremer no meu peito.

— Dona Catarina...

— Sem dona, por favor, diretora Ana.

— Catarina, tivemos um problema ontem no colégio, mais especificamente na sala do Thiago, só veio chegar ao meu conhecimento depois que seu filho saiu do colégio em pleno horário de aula e o zelador que estava cuidando do portão me comunicou. Como disse antes por telefone, é um assunto um tanto delicado e não podia ser tratado com apenas uma ligação, por isso pedi a presença dos pais. É ainda mais complicado falar disso agora, pois para tratar do assunto eu sou obrigada a atropelar sentimentos do seu filho...

— Não estou entendendo nada, poderia ser mais objetiva, diretora Ana?

— Vejamos por onde devo começar... Bom, antes de ontem seu filho esqueceu um caderno de desenhos na escola e foi o catalisador de toda essa confusão, tinha um nome dentro de um coração e muitos outros detalhes e rabiscos envoltos.

— Entendo, mas por que um nome com um coração iria causar problemas sérios no colégio como a senhora disse?

— A princípio não tem nada de mais no desenho do Thiago, a não ser o fato de que o nome dentro do coração era de outro ALUNO do nono ano B, o Thiago esqueceu o caderno debaixo da carteira e os outros alunos acharam no dia seguinte e começaram a usar para fazer brincadeiras muito desagradáveis como chamá-lo de viado, bichinha, boiola, desenharam em sua carteira e no quadro-negro, entre outras coisas, por isso ficamos preocupados quando o Thiago desapareceu da escola ontem e, quando fui até a sala para ver o motivo de ele sair da escola tão desesperado, me deparei com o caso, conversei com os alunos e alguns deles alegaram que a professora havia dito palavras duras e ajudado os outros alunos a criticar seu filho, mas já pedi o afastamento da professora em questão. Hoje mais cedo a secretaria disse que um menino da sala do Thiago estava internado no hospital depois de uma tentativa de suicídio, ficamos horrorizados e preocupadíssimos com a notícia, e ainda estamos muito preocupados com quem é esse aluno,

choro que estava trancado dentro de mim quando estava ouvindo do outro lado da porta. Não pude ouvir o resto da conversa entre a diretora e minha mãe... Mais ou menos uns vinte minutos depois, minha mãe vinha vindo, enxuguei as lágrimas tentando conter o choro, minha mãe abriu a porta do carro e se sentou no lugar do motorista, segurou o volante, pude ver suas mãos tremendo, me encolhi de medo da reação dela e não achei palavras para dizer a não ser um simples...

— Mãe, me desculpa, eu não queria...

— Aqui não, Thiago, eu tenho que dirigir até em casa e não quero causar um acidente, vamos ter essa conversa em casa...

Não proferimos uma palavra sequer durante todo o caminho de volta, quanto mais perto de casa chegava, mais meu coração apertava no peito, eu estava com tanto medo e não sabia ao certo do que tinha medo, minha única certeza era que uma conversa muito desagradável me esperava e eu não tinha as respostas para dar. Quando vi o carro entrando pela garagem e o carro do meu pai ali estacionado em frente ao da minha mãe, aí sim um medo tenebroso me correu e gelou toda minha espinha, uma sensação tão horripilante que não tenho ideia de como descrever, saí daquele transe de medo com minha mãe me chamando.

— Thiago, vamos? Está dormindo sentado? Anda, garoto, não enrola.

— Hã? Tô... tô indo...

— Estou te chamando há quase cinco minutos, anda, vamos entrar que teu pai está nos esperando.

Relutante, fui me encaminhando pela porta lateral da casa que dava da garagem para a cozinha, quando vi aquela cena de destruição comecei a passar mal, me virei para correr pra fora, mas as pernas não respondiam, não me obedeciam por mais que eu tentasse, e minha mãe me segurou pelo braço, a cozinha estava destruída, de pernas pro ar. A mesa em cima do armário embutido com os pedaços de mármore quebrado espalhados por todo canto, a geladeira no chão, comida e vidro espalhados por toda parte, as portas dos armários todas ou quase todas arrancadas, não consegui mais enxergar direito, a visão ficou turva, o resto do meu corpo amoleceu e me vi indo direto para o chão, meu pai ou as pernas dele vindo em minha direção, ele me segurou pelos ombros quando eu já estava quase caindo, senti o braço da minha mãe em volta da minha cintura me segurando também, meu pai me ergueu pelos ombros, me fitou nos olhos com olhos vermelhos, então pude ver a camiseta branca lavada de vermelho, era sangue, muito sangue, o sangue do meu pai, ele me puxou forte contra o peito dele e me prendeu num abraço forte, então já não vi mais nada, fui perdendo a consciência, em meio ao pranto do meu pai, pude sentir minha mãe me abraçando por trás e apertado entre os dois eu apaguei.

Fui recobrando a consciência aos poucos, não sei quanto tempo estive apagado, aos poucos escuto as vozes dos meus pais conversando.

— Vamos cuidar do nosso menino, Antônio, e não vamos deixar ele sofrer por isso, eu acredito que tudo vai dar certo, Deus não vai deixar nada acontecer, ele vai cuidar do meu bebê e vai guiá-lo pelo caminho do bem...

— Sabe, Catarina, depois que falei com a diretora, fui até o hospital e quando vi o outro menino deitado naquela maca fiquei perturbado, quando você me ligou eu já estava na portaria do hospital tentando saber quem era o garoto e depois de ter ido até lá não podia deixar de vê-lo, depois que o vi vim pra casa e sentei-me à mesa, comecei a pensar sobre a conversa com a diretora e tudo o que o pai do garoto disse, eu entrei em um estado de fúria imaginando que podia ser o nosso menino lá naquela cama de hospital, talvez em pior estado com tubos por toda parte, a revolta dentro de mim foi tão grande que a descontei em tudo que vi pela frente e em um frenesi acabei por destruir toda sua linda cozinha, me perdoa?

— Isso não importa, Antônio, móveis nós podemos comprar novos, mas nosso filhinho... Ai... Ai... como me dói meu peito, já pensou se ele tivesse feito uma besteira dessas, não sei o que seria de mim agora.

— Catarina, minha querida, são tantas coisas que acontecem nesse mundo, drogas, prostituição, suicídio, isso sem falar nas agressões gratuitas nas ruas, nas escolas, como vai ser agora pro nosso menino ir para o colégio?

— Não sei, meu amor, não sei mais no que pensar.

Os dois se abraçam e continuam a chorar por um longo tempo... Não tive coragem de me levantar, fiquei deitado quieto fingindo que ainda estava inconsciente enquanto minha mãe veio e começou a afagar meus cabelos e sussurrar lentamente...

— Eu te amo, meu anjinho, eu te amo tanto que seria capaz de superar qualquer dor sozinha só para não te ver sofrer, não quero que ninguém te machuque, ou que faça qualquer mal para o meu anjinho, o presente maravilhoso que Deus nos deu, Antônio, olha, ele recobrou um pouco a cor.

— Fico mais aliviado, vou pro nosso quarto tomar um banho, tirar essas roupas ensanguentadas e fazer uns curativos nesses cortes. Quando ele acordar, entrega isso para ele.

— O que é isso?

— Uma carta, foi deixada pelo menino que está no hospital para o Thiago, com uma para os pais dele.

— E você acha certo entregar isso para o Thiago numa hora dessas? Ele já está passando por tudo isso e mais uma carta de suicídio vai pesar demais.

— Não seria certo ele não ficar sabendo, você não acha que esconder seria pior?

— Quando ele acordar, eu entrego a carta, vou limpar a cozinha enquanto ele ainda dorme.

Já não sabia mais se queria continuar ali fingindo que estava dormindo e evitar pelo maior tempo possível a conversa desagradável que me esperava com perguntas pras quais eu não tinha as respostas ou levantar e saber que carta era aquela e por que diabos o garoto do hospital iria deixar um bilhete de suicídio para mim e quem afinal era esse garoto. Foi quando me lembrei da conversa que escutei atrás da porta entre minha mãe e a diretora dizendo no final que apenas eu e o Gabriel tínhamos faltado, então era o Gabriel que estava no hospital e deixou uma carta para mim, não pude mais me conter e me levantei da cama, desci as escadas e caminhei até a cozinha, onde sabia que minha mãe estava, ainda dava para escutar o estalar dos cacos de vidro, quando cheguei à entrada vi minha mãe, que caminhava por cima do vidro tentando dar ordem ao caos que mais parecia a devastação de um tornado, um tornado em particular chamado Antônio... Nunca imaginei meu pai em tamanho estado de fúria e a primeira coisa que me veio à cabeça foi o que seria de mim se ele tivesse descontado toda aquela raiva e frustração em mim, mesmo que por apenas um impulso ou um momento de insanidade conduzido pelo desenrolar dos fatos, e a cena que imaginei me deixou ainda mais apavorado. Apaguei o pensamento da cabeça e meio sem saber o que fazer comecei a juntar os cacos de vidro e botar em uma travessa de plástico que normalmente ficava como fruteira, mas muito distraído e perdido em pensamentos principalmente na carta do Gabriel não vi onde apoiei a mão e enfiei logo onde havia um caco com formato de lâmina.

— Aiiii! Que m... Aiiiiii.

— Thiago? O que houve?

— Mãe, está sangrando muito, olha, cortei a mão... Aiiii, está doendo também.

— Mas como você faz uma coisa dessas, olha só, não para de sair sangue, gelo, espera, vou pegar gelo.

— Aiii, está doendo, o gelo está queimando.

— Que é isso, para de ser infantil, se não cuidar vai ficar contaminado e pode infeccionar.

— Mas está doendo...

— Vamos lá em cima olhar isso direito agora que o sangue estancou um pouco, eu devia ter deixado o kit de primeiros socorros na sala, agora vocês dois ensanguentados vão manchar todo o carpete do quarto.

Subimos até o quarto dos meus pais bem no momento que meu pai está saindo do banho, ele tinha vários cortes no braço, na mão e um no peito, minha mãe começou a fazer um monte de curativos começando pela minha mão, enquanto isso ficamos em um silêncio por causa do constrangimento, então na decisão menos improvável tomei a iniciativa e tentei quebrar o clima pesado.

— A mamãe deveria ser enfermeira, olha só como costura bem.

Virei minha mão analisando o curativo já bem enfaixado, que não fazia muito sentido com o que disse, mas era só pra amenizar o clima.

— Sorte de vocês que fiz curso de enfermagem e primeiros socorros, imagina se infeccionasse.

Meu pai ficou em silêncio e o clima começou a pesar novamente, minha mãe estava tão nervosa que não parava mais de enrolar a faixa no corte do peito do papai, mesmo se tivesse sido um pouco profundo não precisava de tanta faixa, e dessa vez meu pai que quebrou o clima pesado que já havia se restaurado.

— Calma, Catarina, não precisa me transformar em uma múmia.

Minha mãe abriu um leve sorriso; não conseguindo me conter, comecei a rir.

— Sei que está braba por causa da cozinha, mas não precisa se vingar assim me enfaixando todo.

— Não estou braba por causa da cozinha, só não sei o que fazer para nós comermos hoje.

— E se nós pedirmos pizza? Hoje a gente pode comer assistindo filme, que tal, papai?

— Parece bom, você pede a pizza e vai até a locadora buscar um filme, eu e sua mãe vamos terminar de arrumar a cozinha e esperar a pizza.

— Está bem, vou bem rápido para ajudar na limpeza.

— Pode ir com calma, não precisamos de um desastrado para fazer mais cortes nas mãos, não é, Antônio?

Meu pai apenas concordou com a cabeça, afinal ele estava muito mais enfaixado do que eu, então olhou pra mim e riu.

— Escolhe um filme bom, meu filho.

— Mas que filme?

— Sei lá, qualquer um, um que você goste.

Fui até meu quarto trocar de roupas, a que estava usando tinha manchas de sangue, desci as escadas e antes de sair liguei para a pizzaria, quando ia passar pela porta da cozinha em direção à porta lateral que dava na garagem para pegar minha bicicleta escutei meus pais conversando sobre mim, parei um pouco e pude ouvir a conversa já pega pela metade.

— ...Que ele possa falar.

— Até entendo, Catarina, mas acho que hoje é melhor não, vamos terminar este dia tranquilos, melhor ele se sentir pronto para conversar e o dia de hoje já foi muito pesado para todos nós, só vamos dispensar ele das aulas esta semana, afinal já é quarta-feira, dois dias não vão ser tão graves assim e se ligar para o colégio eles vão entender.

— Então vamos fazer isso, já que você acha que é o certo.

— Não é que acho que é o certo, mas é melhor para todos nós pensar com mais clareza antes de sair sem nem saber sobre o que estamos falando.

— Eu entendo, mas amanhã vou falar com o pastor da igreja.

Saí pela porta da sala tentando fazer o mínimo de barulho possível e fui em direção à locadora deixando minha bicicleta para trás mais uma vez.

Perdido em meio às prateleiras, não sabia que filme escolher, revirei de cima a baixo cada prateleira até chegar a um de ficção científica que meu pai adorava, peguei ele e mais uma comédia para minha mãe, pensei em escolher um terceiro a meu gosto, mas minha mãe não ia gostar muito de vampiros, zumbis ou múmias, então acabei por desistir e voltar para casa, no caminho vi o Gustavo e o Pedro Henrique, que tinham sido suspensos no colégio por minha culpa e também eram os que estavam mais agressivos aquele dia na classe, então começou a voltar tudo na minha cabeça, eu tinha por alguns momentos me esquecido, mas ali estavam eles a alguns metros de distância em uma loja de games para me fazer relembrar, eu tinha que achar um jeito de sair dali sem ser notado, uma outra rua e um outro caminho para não cruzar com eles. Droga, eles estavam saindo da lojinha, e agora o que eu vou fazer? Entrei na primeira loja que vi, meio que me escondi atrás dos manequins e de uma estante com roupas, de modo que pudesse vê-los, segundos depois eles passaram diante da loja e foram em direção à locadora, fui até a porta e vi eles entrando, eles não tinham me visto, era minha chance, peguei o caminho que levava à rua de baixo por trás da igreja onde poucas pessoas passavam e fui para casa, quando cheguei meio que inconscientemente já pelo costume fui pela porta lateral da casa passando por dentro da garagem em direção à cozinha, quando entrei já estava tudo limpo, olhei para o relógio da parede, eram quase oito e meia da noite.

— Nossa, demorou, hein, Thiago. Achei que tinha ido gravar o filme em Hollywood.

— Me distraí na locadora, mãe, mas se fosse para gravar acho que seria mais fácil em Bollywood, com nosso cacife nem lá não dava.

— Não fala assim, eles fazem bons filmes, teve um filme que foi feito lá muito bom que eu gostei e até ganhou o Oscar.

— Não falei por mal, pai, a pizza já chegou?

— Deve estar até fria.

— Vamos subir então e assistir ao filme no quarto de vocês comendo a pizza lá?

— E sujar toda a cama de molho? Sua mãe nos mata!

— Não mato, não! Hoje vou abrir uma exceção pros marmanjos da casa.

Já no quarto, enquanto meu pai colocava o filme para rodar, minha mãe arrumava a cama e eu apenas os via enquanto pensava no que eles poderiam estar achando sobre tudo o que estava acontecendo e as coisas desses últimos dias que flutuavam vez após vez na minha cabeça. Quando terminou de ajeitar a cama, minha mãe deitou-se à direita, que era seu canto favorito, batendo com a palma da mão no centro do colchão me chamando.

— Vem aqui, anjinho, deita do lado da mamãe.

Fiz uma cara meio torcida, não gostava muito de ser chamado de "anjinho", eu estava longe de ser um, ainda mais depois de tudo que aconteceu e das birras que fiz hoje de manhã, mas logo me rendi, pois estava me sentido muito vazio e nada melhor que o gesto de carinho de uma mãe para nos fazer sentirmos confortáveis, seguros e especiais. Minutos depois de xingar umas duas vezes a TV e o aparelho de DVD, meu pai terminou de colocar o filme e veio deitar ao meu lado, com os travesseiros um pouco altos ele deitou-se de barriga para cima e ficou com toda a atenção presa no filme que ele adorava, cheio de ETs, viagens interplanetárias e naves espaciais, enquanto isso minha mãe, virada para mim, afagava meus cabelos e me olhava com olhares de preocupação e às vezes com olhares cheios de carinho, confesso que era uma sensação muito gostosa e vinham à minha mente lembranças de quando eu tinha 5 ou 6 anos e tinha medo de dormir sozinho, ela me botava no meio entre os dois e num abraço forte acariciando meus cabelos me fazia sentir no lugar mais seguro do mundo. Aos poucos as lembranças foram sumindo, minhas vistas foram ficando cada vez mais pesadas seguindo o ritmo da mão de minha mãe com os dedos entreabertos subindo e descendo nos meus cabelos em gestos suaves e contínuos, fui apagando até que acabei adormecendo.

Durante o sono, tive um sonho calmo e sereno em que estava planando entre muitas nuvens e sobre um imenso oceano de uma cor azul-clara meio esverdeada, abaixo via uma praia de uma ilha muito bonita e quando estava colocando os pés na areia veio uma onda e me molhou inteiro, nesse momento me acordei com meu pai em pé ao meu lado, ele recém tinha saído do banho e estava ainda se vestindo. Vagarosamente ainda muito sonolento me sentei à beirada da cama enquanto ele abotoava a camiseta; sentindo que eu estava me levantando, ele veio até mim e sentou-se ao meu lado na cama.

— Thiago, acho que nós precisamos conversar!

— ...

— Sabe, sua mãe me pediu para falar com você, mas eu não sei como entrar nesse assunto... Olha... Hmm... Hmm... Deixa-me ver... Por onde começo... Então, bem... Quando um garoto gosta de uma menina e os dois estão juntos fazem certas coisas...

Podia ver o constrangimento estampado na cara do meu pai, ele realmente não sabia o que dizer tentando falar sobre sexo, ele esfregava as mãos uma na outra nervosamente, por vezes mordia os lábios procurando as palavras certas para dizer, mas eu também fiquei muito constrangido e envergonhado com a famosa "a conversa" por que todos os adolescentes passam quando seus pais julgam ser a hora apropriada de falar com os filhos, não sabia o que dizer, mas resolvi dizer o pouco que sabia para aliviar o fardo do papai.

— Nós já tivemos aulas de sexo seguro no colégio, pai, eu sei o que fazer quando um garoto está com uma garota...

— Ah, já teve aula, mas o que aconteceu no colégio ontem... Deixa...

Ele me interrompeu fazendo algumas perguntas comuns da vida e de relacionamentos entre garotos e garotas.

— Você já fez "isso"... Quero dizer, sexo alguma vez, meu filho?

— Não, pai, só sei a teoria e nas revistas que alguns garotos às vezes levam escondido para a escola...

Então meu pai se levantou, foi até o armário do banheiro do seu quarto, remexeu algumas gavetas e de lá tirou uma caixinha, abriu, pegou algo e voltou a sentar na cama.

— Olha, meu filho, vou te dar isso, mas não é para brincar de balão ou deixar de rolo por aí, guarde na sua carteira e quando você for fazer sexo não esquece de usar, tem muitas doenças por aí e...

Ele colocou dois envelopes de camisinha entre as minhas mãos e já quase explodindo de vermelhidão levantou-se, eu também não sabia onde enfiar a cara de tanta vergonha, mesmo tendo aulas de orientação sexual no colégio eu tinha muitas perguntas, não sabia o que estava acontecendo comigo ou o porquê de eu nunca ter sentido atração por outra menina como os palestrantes tanto falavam, não entendia o motivo que me levou a fazer aquelas provocações durante o jogo de futebol entre mim e Jonathan ou o sonho estranho que tive na outra noite, poxa, eu já havia me "tocado" algumas vezes, mas nunca tive pensamentos assim nem aquela sensação do sonho, eu queria entender o que estava errado em mim ou o porquê de tudo estar acontecendo de forma tão estranha, mas não tive a coragem de perguntar nada para o meu pai, apenas fiquei ali sentado na beirada da cama com os meus pensamentos turvos e um monte de perguntas sem respostas, perguntas essas que não sabia como fazer ou a quem fazer.

— Ah, Thiago, você não precisa ir ao colégio hoje, nem amanhã, eu também vou tirar uns dias de folga e sua mãe vai marcar uma consulta com o psicólogo para você.

— Ah, pai, eu não quero ir a um psicólogo, eu não estou louco!

— Psicólogos não são só para pessoas com doenças mentais, eles também nos ajudam a encontrar respostas quando não conseguimos sozinhos e ajudam a lidar melhor com situações e problemas que encontramos no nosso dia a dia.

— Mas por que ele fez isso? Por que ele escreveu essas cosas? Eu não entendo...

— Não sei, meu filho. Quando pensei que fosse você no hospital, entrei em desespero e é por isso que entendo o pai do outro garoto, acho que foi por isso que acabei descontando minha frustação na cozinha de sua mãe... Me diz, meu filho, você gosta dele? Desse garoto?

— Não sei... Quero dizer... Ele sempre foi meu melhor amigo, eu nem sei como é gostar de alguém ou de um menino... Eu tô muito confuso...

— Você já tentou gostar de uma menina?

— Não!

— ...

— Pai, o que eu faço? Eu não entendo mais nada...

— Você só está um pouco confuso, filho, mas não se preocupe, tudo vai ficar bem, eu estou aqui para cuidar de você, não vou deixar nada de ruim acontecer com você. Eu prometo.

Então nos abraçamos e ficamos ali quietos fingindo estar assistindo à TV.

CAPÍTULO 4

O PASTOR

Já eram quase duas da tarde quando ouvi o som do carro da minha mãe entrando na garagem, minutos depois ela estava na sala pedindo para eu e meu pai pegarmos as compras e eletrodomésticos que ela havia comprado para substituir os que meu pai quebrou no dia anterior.

— Nossa, Catarina, precisava comprar tudo isso?

— Se um senhor... Se não tivesse quebrado, não precisava, não.

Meu pai fez uma cara estranha, ele não gostou muito do comentário da minha mãe. Eles sempre se alfinetavam e provocavam um ao outro, mas dessa vez não parecia como antes.

Já com a cozinha mais bem ajeitada e equipada, mamãe começou a preparar algo para comermos, eu estava morrendo de fome, tinha beliscado alguma coisa que salvamos em meio à bagunça de ontem, mas não tinha muita coisa, os sucos tinham estourado e meu pai era horrível para cozinhar, teve uma vez que ele tentou cozinhar e quasse botou fogo na cozinha toda, desde então ele não tentou mais cozinhar, alegava não ter o dom para isso.

Esperamos ela terminar o almoço assistindo TV na sala e comendo pipocas. Mais de uma hora depois, minha mãe chamou.

— O almoço das três e meia da tarde está quase pronto.

— Nossa, tô morrendo de fome, mãe!

— Vem me ajudar a pôr a mesa, Thiago.

A pedra de mármore da mesa tinha se partido aos pedaços, o suporte estava torto, era cruzado de um lado ao outro para sustentar a pedra, mas agora estava inutilizável, duas cadeiras estavam muito tortas e não dava mais para usar, mas mesmo assim demos um jeito de preparar o almoço em cima dos balcões.

— Daqui a pouco, mais tardar amanhã, chega o caminhão com a mesa e a geladeira novas, só temos que ver o que fazer a respeito dos armários agora.

— A senhora vai arrancar todos os armários e trocar por novos?

— Claro que não, já gastei muito hoje e o dinheiro do seu pai não vai dar conta de comprar tudo novo, acho que vou tirar um pouco da reserva do banco para contratar um marceneiro e pedir para refazer as aberturas.

— Pronto, mãe, vou lá chamar o papai, ele deve estar comendo as almofadas de tanta fome.

— Espera um pouco.

— O que é?

— Eu quero que você vá à igreja hoje comigo.

— Ah, mãe, sabe que não gosto de ir à igreja, fico muito cansado e quase durmo na metade do culto.

— Vamos, vai ser bom e você precisa se apegar mais com Deus.

Na verdade, eu odiava ir à igreja, os porteiros nos cutucavam o tempo todo, não deixavam falar nada e não podíamos nem sair para ir ao banheiro, e era ainda pior quando tinha que me sentar com minha mãe no meio do banco dos adultos, porque não tinha ninguém para conversar e minha mãe ficava chamando minha atenção o tempo todo para prestar atenção no culto, era muito aborrecedor e dava um sono enorme.

— Ah, mãe, tenho mesmo que ir?

— Claro que sim! Não vai me deixar ir sozinha, vai?

— O papai não vai?

— Não sei, mas você é meu acompanhante preferido.

Olhei para ela, com toda certeza ela estava determinada a me carregar para aquele martírio, pouco depois meu pai entrou na cozinha.

— Como está? E a comida? Estou com tanta fome que poderia comer um leão.

— O difícil seria caçar o leão.

Meu pai notou o sarcasmo nas palavras da minha mãe e parou com a brincadeira.

— Antônio, você vai à igreja conosco hoje?

— Acho melhor não, sabe que eles gostam de reparar e se me virem assim com as mãos enfaixadas vão falar um monte.

— Olhando dessa forma, é melhor não ir mesmo. Provavelmente vão nos pôr na disciplina e ainda vir com um monte de perguntas sobre brigas em casa.

Começamos a comer, o silêncio pairou por algum tempo sem que disséssemos nada um para o outro. Fiquei tentado a puxar conversa, alguma coisa estava diferente de ontem para hoje, tinha um clima desagradável entre minha mãe e meu pai.

— Mãe, mais macarrão, por favor.

— Você está mesmo com fome! Nunca repete.

— Catarina, vou tomar um banho e relaxar um pouco no quarto, muito obrigado pela comida, estava uma delícia como sempre.

— Obrigado, Antônio. Mas acho melhor não tomar banho agora, faz mal tomar banho depois de comer.

— Se for logo após não faz, e o que faz mal é se for nadar.

— Thiago, depois de terminar de comer, você pode lavar a louça? Vou lavar a roupa suja.

— Tá, mãe.

Terminei de comer ao meu tempo e depois lavei o restante da louça suja, subi pro meu quarto. Sorte do papai que tínhamos uma caixa d'água bem grande ou ele seria escaldado pela água fervendo, eu lavando a louça, mamãe lavando a roupa e ele no banho.

Ao chegar no quarto, me atirei na cama, estava estufado de tanto comer. Comecei a pensar no que fazer para passar o tempo, mas nada me veio à mente e acabei novamente adormecendo. Fui subitamente acordado de supetão com minha mãe me sacudindo de um lado pro outro na cama.

— Levanta, Thiago, vamos, você tem que tomar banho e se arrumar para irmos ao culto.

— Que horas são?

— Quase seis, até você tomar banho e se arrumar vai demorar, então é bom começar agora.

Fui até meu roupeiro e comecei a procurar uma roupa, depois de escolher fui tomar banho, no meio do banho me distraí em pensamentos enquanto me ensaboava e sentia a água escorrendo por mim, me dava uma sensação de alívio incrível, acabei me distraindo e perdendo a noção do tempo. Recobrei os sentidos quando minha mãe bateu na porta do banheiro me chamando.

— Thiago, tudo bem aí?

— Já estou saindo, mãe, só me distraí um pouco.

— Um pouco? Já está aí nesse banho há mais de meia hora, sai logo e vai se vestir, o culto começa às sete e não quero me atrasar, quero orar um pouco antes.

— Vou tirar a espuma, me vestir e já desço.

Dez minutos depois, lá estava eu indo direto em direção à tortura de duas horas e meia de blá-blá-blá, se eu pudesse arrumar uma forma de fugir, fugiria sem hesitar.

— Anda, anjinho, não enrola.

— Ah, mãe, para com isso de anjinho, já tenho 13 anos e vou fazer 14 agora no fim do ano, não pega bem.

— Eu até paro, mas anda logo, não fica enrolando, vamos... Me espera no carro, vou pegar os DVDs, já aproveito e passo na locadora para entregar.

Minutos depois estávamos indo para o culto com uma pequena e breve parada no meio do caminho

— Mãe, eu posso esperar o culto acabar lá na loja de games?

— Eu não gosto que você fique naquele lugar e gaste todo o seu dinheiro, lá vão garotos de todos os tipos, ouvi dizer que tem uns que até usam drogas. Já comprei o videogame para você por isso e também quero falar com o pastor depois do culto e quero que você esteja junto.

— Poxa, mãe...

— Não adianta reclamar, você é meu acompanhante hoje e tem que ficar comigo. Certo?

— Tá bom, tá bom.

Tive que me sentar no lado dos bancos das mulheres com minha mãe, já que meu pai não tinha vindo, ela não acha certo se sentar nos bancos dos casais onde também ficavam os jovens mais ao meio e as crianças nos três últimos bancos para não atrapalhar o culto e ser mais fácil de controlar pelos porteiros, mas eu me senti muito desconfortável mesmo tendo algumas crianças nos bancos das mulheres, acho que ninguém da minha idade se sentava ali.

O culto se estendeu até as nove e meia como de costume, mesmo que o horário certo de acabar fosse às nove. Entre a pregação e hinos, minha mãe me cutucava para prestar atenção, já no fim juntou uma multidão na frente do púlpito para receber a oração, minha mãe me puxou pelo braço e foi me arrastando.

— Vamos lá receber a bênção final.

Ela falando assim parecia que íamos todos morrer ali, como ela pode dizer bênção final com tanta naturalidade? Seria o quê? Um "eu te abençoo, agora pode morrer"? Quando o pregador convidado terminou a oração, eu fui me virando para sair, mas minha mãe me segurou pelos braços novamente.

— Espera um pouquinho, vamos esperar eles saírem e vamos conversar com o pastor.

— Mãee...

— Só um pouquinho.

Uns dez minutos depois o pastor veio em nossa direção com um sorriso meio sem graça, meio disfarçado e totalmente forçado, cumprimentou minha mãe e passou a mão na minha cabeça.

— É esse o garotão que a senhora falou hoje cedo, irmã Catarina?

Eu percebi no momento que tudo isso foi armado, minha mãe falou de mim para o pastor, ela queria que eu viesse, foi uma conspiração. Olhei para minha mãe de súbito, o que ela falou? Por quê e para quê? Logo eu iria saber. Mas não me agradou a ideia de que isso já tinha sido premeditado.

— É, sim, pastor Paulo, esse é meu menino, o Thiago.

— Tenho visto você poucas vezes na igreja ultimamente, Thiago.

Fiquei sem graça e, sem saber o que dizer, calei-me, então ele continuou.

— Sabe, vi você hoje no banco das senhoras, não seria melhor você se sentar com a juventude e participar do grupo de jovens?

— Diz isso para minha mãe, ela que insiste para eu me sentar ao lado dela.

— Irmã Catarina, é melhor para ele se envolver mais com a juventude, participar das reuniões do grupo de jovens, fazer amizades com eles. A senhora não acha?

— Entendo, Pastor, vou incentivar mais ele a participar, é que me sinto muito sozinha quando venho sem meu marido e gosto que o Thiago me faça companhia, mas o senhor está certo, ele está grandinho e já não pode mais se sentar no banco das senhoras.

Fiz uma careta, mas balancei a cabeça em sinal de aprovação, mesmo não gostando de vir à igreja era melhor sentar-me entre os adolescentes e jovens adultos, pois teria mais liberdade.

— A senhora não está sozinha, irmã Catarina, está com Jesus! Vamos até o escritório lá embaixo, vai ser melhor para conversarmos e o porteiro precisa fechar a igreja.

Descemos as escadarias da frente e fomos para a sala da tesouraria que fica numa espécie de garagem, meio porão, onde também ficavam os banheiros abaixo da igreja com a entrada ao lado da escadaria e de frente para um estacionamento.

— Aqui podemos conversar com mais tranquilidade.

— Conversar sobre o quê, Pastor?

— Thiago, como eu posso dizer... Conversei hoje cedo com sua mãe durante o culto de oração da manhã e ela disse que você está um pouco confuso...

— Desculpa interromper, Pastor, mas não seria melhor eu esperar no carro para que vocês possam conversar com mais tranquilidade?

— Se você acha melhor, irmã Catarina, por mim tudo bem.

— Mãe, vai me deixar aqui sozinho?

— Não se preocupe, conversa com o Pastor, ele vai te ajudar muito, Thiago.

Ela saiu, me abandonando ali com um quase estranho para ter uma conversa que eu imaginava não seria coisa boa, eu não sabia o que dizer nem o que fazer, me contorcia na cadeira enquanto o pastor me fitava e esfregava as mãos uma na outra agoniado sem saber por onde começar até que finalmente balbuciou as primeiras palavras.

— Como disse antes, sua mãe me contou que você está confuso sobre algumas questões.

O pastor começou a contar histórias da Bíblia e como elas podem ser interpretadas hoje em dia no mundo agitado e tecnológico, mas percebi que ele só estava me enrolando por mais de vinte e cinco minutos e não tinha entrado no assunto que queria. Apenas esperei ele continuar até que num ponto ele tomou a coragem necessária para abordar o tema.

— Você não quer perguntar nada?

— Não sei... acho que não.

— Sua mãe me contou que você está tendo certas curiosidades sobre sex... Sexo... Não sei se posso te ajudar muito, mas vou te explicar um pouco de como a Bíblia nos ensina.

Lembrei-me do que a professora havia falado na sala de aula antes sobre ir para o inferno e então disparei uma pergunta.

— É verdade que vai para o inferno, Pastor? Se um garoto fizer isso com outro menino?

Nossa! Fui direto sem nem pensar no que estava falando e me arrependi no mesmo instante em que fiz a pergunta, o pastor fez uma cara assustadora depois respirou profundamente e então começou a me responder da forma que ele achava que era certo.

— ...A Bíblia nos diz que é errado e também nos ensina a nos mantermos puros, o sexo não pode ser tratado com objetivo de satisfação pessoal, devemos respeitar nossa parceira e que devemos fazer sexo só depois de casados para ter filhos. Quando Deus destruiu Sodoma e Gomorra, era porque a cidade estava infestada de pecadores que se rendiam aos desejos da carne e esqueceram de Deus, por isso é considerado pecado se entregar à luxúria, e quem se entrega aos prazeres da carne é condenado ao fogo eterno, por isso acho que seria bom para você participar mais dos cultos e se envolver com o grupo de jovens, quem sabe você acha uma moça boa que se dê ao respeito e vocês namorem sério sob as leis de Deus vindo um dia a se casarem. Mas acho que você é ainda muito jovem para se preocupar com namoro e sexo, procure ocupar-se de outras atividades da igreja e com os estudos, quando você for um pouco mais maduro vai ter mais conhecimento e saberá melhor como ter um compromisso sério com uma moça da igreja.

— Humm... Tá...

— Bom, acho que é isso que eu podia falar, espero que te ajude, quando precisar conversar estaremos aqui de braços abertos.

— Tá, obrigado, Pastor... Eu acho... Pastor, mais uma coisa.

— O que seria?

— É pecado ver revistas de mulheres nuas? E se tocar pensando nelas?

— É, sim, são pensamentos pecaminosos, a Bíblia ensina que mesmo que você não cometa adultério, mas que pense coisas assim, você também é considerado adúltero e está cometendo pecado.

— Obrigado, Pastor.

— Vamos... Te acompanho até o carro.

Fomos andando até o carro, o pastor pôs a mão pelas minhas costas até alcançar o ombro e foi me conduzindo de forma um pouco forçada, quando chegamos ao carro ele esculhambou meu cabelo de um jeito que não gostei e foi falar com minha mãe.

— Thiago é um bom menino, tivemos uma boa conversa, ele só precisa participar mais das atividades da igreja.

— Ele vai sim, Pastor! Não é, Thiago?

— Bom... É... Não sei... Pode ser...

— Espero ver você mais vezes na igreja, Thiago. Boa noite, irmã Catarina, vou indo para casa que minha esposa já deve estar preocupada, pedi que ela fosse na frente com os meninos.

— Boa noite, Pastor.

Entrei no carro o mais rápido que pude, já estava exausto, com sono e mais toda aquela conversa do pastor tinha me drenado o resto de energia, queria chegar logo em casa e cair na cama. No meio do caminho, minha mãe parou na lanchonete dizendo que não queria fazer a janta, então fizemos pedidos, foi mais de meia hora esperando até os pedidos ficarem pronto, enquanto esperávamos ela me perguntou sobre o que eu e o pastor tínhamos conversado, não consegui explicar, era um assunto delicado que não acho fácil falar a qualquer momento, mas fui salvo quando o pedido chegou.

Já em casa, devorei aquele xis salada e fui me dirigindo para o quarto, quando saí da cozinha e ia passar pela sala, ouvi meus pais começarem uma conversa sobre mim, resolvi parar e escutar, só que não conseguia entender direito, eles começaram meio que em sussurros e foram aumentando até um tom normal, então só pude entender o fim.

— E o que o Pastor falou?

— Não me disse nada, eu só os deixei conversando e esperei no carro, mas acredito que é como a diretora falou, é só uma fase, se ele for mais à igreja e participar mais, vai ficar tudo bem.

— Você acha isso mesmo, Catarina?

— Tenho fé, Antônio, tenho fé.

— Vamos deitar, já está tarde.

— Vamos.

Esperei eles subirem e corri para o meu quarto me atirando em minha cama, já estava de saco cheio de todo aquele assunto sobre igreja. Não consegui pegar no sono, me sentindo um pedaço de frango sendo mergulhado na farinha, virando de um lado para o outro, relembrando a conversa com o pastor os pensamentos iam me deixando cada vez mais agitado. Será que eu ia mesmo pro inferno se fizesse sexo? Por que eu ia para o inferno se me tocasse? Entre outras perguntas... Já muito agoniado, me levantei e fui tomar um banho para relaxar, no banho continuei com aquelas perguntas me perturbando até que cheguei numa conclusão, se fosse como o pastor falou todo mundo ia para o inferno, quem é que não se toca ou faz sexo antes do casamento ou que não tenha pensamentos desse tipo quando vê uma menina bonita? E com essa conclusão pude relaxar um pouco. Mais aliviado saí do chuveiro, me vesti e fui dormir.

CAPÍTULO 5

O PSICÓLOGO

Na sexta-feira li mais uma vez a carta do Gabriel, eu precisava fazer alguma coisa para abafar o que tinha acontecido durante a semana. Tive uma ideia, mas não queria fazer isto, algo dentro de mim dizia que não deveria, mesmo assim tirei uma cópia da carta do Gabriel e guardei na mochila, fiquei a manhã toda jogando videogame, só desci para almoçar e voltei pro quarto novamente. Eram quase duas da tarde quando meu pai veio ao meu quarto.

— Thiago, se arruma para nós irmos.

— Ir aonde, pai?

— No psicólogo. Esqueceu?

— Aaah, pai...

— Resmungar não ajuda.

— Tá bem, tá bem. Vou descer em dez minutos, não, vinte, tenho que achar um save pro jogo.

— Seja rápido, a consulta é às três da tarde.

Dentro do jogo, usei um item de retorno para a cidade mais próxima, fui até o *inn*[1] e salvei. Desliguei o videogame, troquei de roupa rapidamente e desci as escadas de casa, quando cheguei na sala meu pai estava me esperando rodando o chaveiro em um dos dedos, que era como um tique nervoso que ele tinha quando estava impaciente.

No caminho para o psicólogo, não conversamos, meu pai sempre mantinha a concentração na estrada e não gostava que falassem com ele nada além do essencial quando dirigia. Vinte minutos depois, estávamos chegando ao consultório, em um prédio enorme com uma fachada dourada e detalhes em vermelho, o sol batia na fachada e refletia nos meus olhos, entramos no prédio, subimos de elevador até o sexto andar, na saída do elevador tinha

[1] *Inn* em inglês, ou pousada em português, é o local onde o herói pode se recuperar de ferimentos e status negativo (em alguns jogos, é impossível se recuperar do status morte). Também é possível salvar o jogo para continuar posteriormente.

uma placa com vários nomes de médicos, suas especialidades e o número das salas, meu pai olhou a placa por um minuto ou dois.

— Vamos, é a sala seiscentos e dois

Entramos na sala, havia uma criança e um senhor de idade sentados no sofá de espera e a recepcionista numa mesa próximo à porta que dava para a sala do psicólogo.

— Boa tarde, o senhor deve ser o das três.

— Sim.

— Tivemos uma pequena confusão nos horários, o senhor se importa de adiarmos para as três e meia? Ou se preferir podemos remarcar para outro dia, mas aqui diz que é uma consulta de urgência.

— Não se preocupe, nós aguardamos até as três e meia.

Meu pai continuou conversando com a secretária do psicólogo para preencher o registro, enquanto isso a criança que estava com o senhor de mais idade não parava quieta pulando de um lado para o outro.

— Ele é hiperativo.

Disse o senhor alguns minutos depois tentando justificar as brincadeiras do menino que não parava de pular em cima do sofá da sala de espera. Logo em seguida, saiu do consultório uma mulher com outro menino.

O terapeuta Gusmão disse para o próximo paciente entrar.

— Somos nós. Vem, João, vem com o vovô.

Esperamos, acima na parede perto da mesa da secretária, tinha um relógio de parede grande e redondo, fiquei contando os minutos até que meia hora depois o senhor saiu com o menino.

— O próximo pode ir.

— Vai, pode entrar, Thiago.

— O senhor não vai entrar com o menino?

— Acho que não precisa ou precisa?

— Como é a primeira consulta, o terapeuta costuma conversar com os pais um pouco.

— Vamos então, Thiago.

Eu já estava quase à metade do caminho. Quando entrei na sala, olhei em volta e dei de cara com um homem alto de cabelos pretos e óculos, vestindo uma camisa social azul-clara e uma gravata amarela. Mas o que me chamou atenção foi um baú de madeira com detalhes entalhados, parecia uma arca de tesouro dessas que se vê em jogos, filmes e desenhos, estava indo em direção a ele quando o psicólogo falou.

— É uma decoração bonita, você não acha?

— Sim, é muito legal, parece de verdade como nos filmes.

— A maioria das crianças gostam muito dela, pode abrir se quiser.

Muito curioso fui logo enfiando as mãos e abrindo, dentro não tinha nada interessante, só alguns brinquedos como animaizinhos de pelúcia, alguns carinhos e um barco de brinquedo, então fechei. Nisso o terapeuta já começava a falar com meu pai.

— Pode sentar, senhor Antônio.

— Com licença, vem, Thiago, se senta aqui na outra cadeira.

Fui até a cadeira que ficava de frente para o psicólogo, ele ficou me observando por um tempo, então continuou.

— Bom, então seu nome é Thiago, certo?

— Humrum.

— E o que te traz aqui, Thiago?

— Não sei... Meu pai, eu acho.

— Certo, e além de filmes com arcas de tesouro e piadas, o que mais você gosta de fazer?

— Jogar videogame.

— Bom, pode esperar na antessala uns minutos, Thiago, eu gostaria de conversar com seu pai primeiro.

— Tá.

Enquanto esperava na antessala, tentei me aproximar da porta e escutar a conversa, mas não dava para ouvir nada e a secretária ficava me olhando, então me sentei no sofá me perguntando sobre o que eles estavam conversando, tenho quase absoluta certeza que era sobre o negócio do colégio, mas achei que já havia passado e meus pais já não estavam mais preocupados e eu poderia resolver o resto sozinho. Um pouco depois, meu pai saiu da sala.

— O terapeuta disse para você entrar, Thiago.

— Sozinho?

— Sim, sozinho.

— Está bem.

Entrei novamente, mas antes de fechar a porta olhei para o meu pai, ele estava com os olhos embaçados por lágrimas que tentava conter. Fechei a porta e novamente me sentei na cadeira de frente para o terapeuta.

— Conversei com seu pai e ele me disse que você está tendo problemas no colégio. É verdade?

— Problemão, mas por que meu pai saiu quase chorando?

— Às vezes é difícil para alguém falar sobre determinados assuntos. Me conta o que aconteceu no colégio?

— Eu não sei bem o que falar.

— Tente, vai fazer bem para você falar, você vai se sentir muito melhor.

— Eu tenho vergonha... e acho que vou dar um jeito nisso tudo, só estou um pouco confuso.

— Não precisa se preocupar, pense em mim como um amigo, tudo que você falar eu vou guardar e não vou contar para ninguém, eu só quero te ajudar a se sentir melhor e a entender as coisas para que não se sinta mais confuso.

— Eu não sei... Não podemos falar de outra coisa?

— E sobre o que você quer falar?

Começamos a conversar sobre bobagens do meu dia a dia, coisas que costumava fazer, lugares que gostava de frequentar, um pouco do que eu lembrava de quando era mais pequeno e do culto da igreja.

— ...E aí fico conversando com os outros meninos, mas o porteiro manda ficar quieto, ele está sempre chamando nossa atenção e ontem o pastor disse que eu deveria me sentar nos bancos do meio com os caras mais velhos, mas eu não gosto de sentar lá porque tem muitos caras velhos de mais de 25 anos.

— Você conversou com o pastor da sua igreja ontem?

— Sim.

— Sobre o que mais vocês falaram?

— Sobre ir mais à igreja, que fazer sexo é pecado e eu deveria me ocupar mais com atividades da igreja.

— Você conversou sobre sexo com o pastor?

— Um pouco.

— E o que você disse para ele?

— Eita, acho que não lembro.

— Você não lembra ou não quer lembrar? Ou ainda se sente desconfortável para falar sobre isso?

— Eu fico meio envergonhado de falar dessas coisas.

— Tudo bem, o tempo acabou, mas vamos continuar de onde paramos na próxima seção, ok?

— Ok.

— E, Thiago, eu posso te ajudar a esclarecer essas dúvidas e sentimentos que estão te deixando confuso, mas para isso você precisa falar, porque senão fica difícil para eu ajudar, pensa melhor nisso e no que você quer que eu te ajude. Tudo bem?

Eu até que queria falar com ele sobre os acontecimentos do colégio, mas achava que podia resolver sozinho, queria contar sobre meus sentimentos estranhos e as dúvidas que estavam me perturbando, mas não achei coragem, fiquei com medo e com vergonha de falar em voz alta essas coisas, e acabei fugindo do assunto que me levou até ali naquela consulta.

— Tá bem, obrigado.

— Se cuida e nos vemos na semana que vem na sexta-feira.

Ele me acompanhou até a porta para falar com meu pai.

— Senhor Antônio, podemos marcar a próxima seção para sexta que vem?

— Sim, mas não sei se vou poder acompanhar o Thiago nas sextas.

— E se marcarmos um horário mais na entrada da noite, como às sete?

— Normalmente fico no escritório até mais tarde, mas acho que consigo sair um pouco mais cedo nas sextas às seis da tarde.

— Então ficamos combinados assim, nas sextas às sete, atendo até as oito mesmo, porque para muitos é difícil encaixar horários durante a tarde.

— Muito obrigado, até sexta então.

— De nada, um bom fim de tarde e um excelente fim de semana para vocês.

Saímos do consultório e fomos para casa, no caminho meu pai me olhava algumas vezes e em uma delas ele tirou uma das mãos do volante e meio que sacudiu meus cabelos, coisa que era impossível de se ver normalmente, ele tirar a mão do volante, ele sempre priorizou a segurança. Ele parou um pouco antes de chegarmos em casa.

— Thiago, por enquanto vou te acompanhar no psicólogo, está bem?

— Sim, pai.

— E eu queria que você não falasse das conversas com o terapeuta para sua mãe, para não deixar ela muito preocupada e nervosa.

— Tá, tudo bem, mas ela vai ficar brava se eu não falar nada e vai me fazer um monte de perguntas.

— Vai, sim, mas penso que é melhor assim, pelo menos por enquanto nas primeiras consultas.

Ele limpou os olhos embaçados tentando disfarçar e continuou dirigindo. Quando chegamos em casa, fui para o meu quarto enquanto mamãe e papai conversavam na cozinha, dessa vez não fiquei ouvindo, mas bem que queria saber o que eles conversaram.

CAPÍTULO 6

RETORNANDO ÀS AULAS

O fim de semana passou muito rápido e já estava quase acabando, já era domingo à noite, esses quatro dias longe do colégio me fizeram esquecer um pouco tudo o que tinha acontecido comigo, mas amanhã eu teria que voltar para a escola e comecei a remoer tudo novamente, eu ainda tinha que dar um jeito para fazer os outros alunos pararem de zoar comigo, então me lembrei da cópia da carta que tinha feito e guardado na mochila, peguei-a, escaneei e fiz outras onze cópias voltando a guardar todas na mochila, pensei que se mostrasse as cópias para os outros garotos eles parariam de me incomodar por um tempo e não iam falar mal de alguém que está internado no hospital. Deitado na cama olhando para o teto fiz algumas simulações do que faria para fazer os outros garotos pararem de me incomodar.

Acordei um pouco atrasado, tomei um banho rápido e me vesti, olhei para a mochila lembrando das cópias da carta e do que me esperava na escola, fiquei com medo, não queria ir para a aula, mas tinha que ir, minha mãe não me deixaria faltar mais dias.

— Thiago, já se arrumou pra escola?

— Já, sim, mãe, tô descendo, só um minuto.

— Anda que já está atrasado, deixei a mesa do café pronta pra você.

Desci para a cozinha e sentei à mesa para tomar café da manhã, eu sabia que estava em cima da hora, mas não estava com vontade de ir para a aula.

— Anda, Thiago, faltam quinze minutos para começar a aula, se você não sair agora vai se atrasar. Pega esse envelope e entrega na direção.

— O que tem no envelope?

— Uma carta para a diretora, e vê se não abre.

— Não confia em mim, mãe?

Meio querendo dizer não, mas forçadamente ela disse "sim", então tomei o resto do café da xícara, catei minha mochila e o envelope e fui para a escola.

Eram poucos os alunos que chegavam no colégio perto do momento do sinal de começar a aula, em maioria os que eram perseguidos por motivos bobos, como ser um pouco mais cheinho, usar óculos, ter aparelho maior que o normal, os pobres com uniforme já bem batido de segundo ou terceiro dono, os mais inteligentes e os tímidos. Eles tentam chegar em cima da hora para evitar ser maltratados pelos outros alunos, e hoje eu estava nesse grupo seleto, mesmo assim quando cruzava com eles no caminho eles olhavam desconfiados e se afastavam, talvez com medo de serem vistos perto de mim e se tornarem motivo de mais piadas ou por pensarem como os outros que me maltrataram dias atrás, eu não sabia, mas eu daria um jeito nisso.

Quando cheguei no colégio, me senti como um ET, todos me encaravam e faziam cochichos, eu fingi não perceber e fui direto para a diretoria, esperei a diretora me receber e entreguei o envelope.

A diretora leu o que minha mãe tinha escrito, baixou os óculos, soltou o bilhete na mesa e ficou parada como se estivesse pensando em alguma coisa, quando a secretária entrou e pediu que ela fosse até a biblioteca. Quando ela saiu, eu fiquei sozinho na sala, porque ela ainda não tinha me dispensado. Peguei o bilhete que estava fora do envelope e em cima da mesa e comecei a ler.

"Diretora Ana,

Gostaria de pedir que desconsiderasse a suspensão da professora sobre quem conversamos anteriormente, não quero fazer nada que venha a prejudicá-la, pois não acho justo com uma irmã da igreja. Quando conversei com meu Pastor, ele disse que se tratava de uma irmã que frequenta o culto da tarde e que ela o tinha procurado no dia anterior à minha conversa com ele. Ele disse que conversaria com ela novamente.

Acredito que ela apenas tenha se equivocado na escolha das palavras e agido sem pensar, me sentiria muito mal se uma irmã da mesma congregação acabasse sendo prejudicada e perdesse o emprego por minha culpa e é por isso que gostaria de pedir que desconsiderasse a suspensão e a denúncia contra ela, acredito que foi apenas um equívoco da parte dela, mas que ela deva estar arrependida e que o Pastor poderá ajudá-la a encontrar o caminho certo.

Desde já agradeço muito.

Catarina"

Um pouco depois das oito da noite, meu pai chegou em casa, eu já tinha parado de jogar videogame e estava copiando a matéria perdida nos dias em que faltei na semana passada, um pouco a contragosto a menina que senta à minha frente me emprestou os cadernos depois que eu insisti por uns bons dez minutos.

Já tinha terminado quando meu pai veio ao meu quarto me chamar para jantar; passava das nove e meia, ele entrou e se sentou na beirada da minha cama me chamando para me sentar com ele.

— Sua mãe me pediu para avisar que seu jantar está na geladeira, ela mandou você ir comer.

—Vou descer então.

— Calma, fica aqui um pouco, quero conversar.

Já fazia ideia do que era, a diretora tinha ligado para ele no escritório e ele devia estar muito bravo comigo agora. Não argumentei nada em minha defesa e esperei ele começar.

— A diretora me ligou hoje, contou que você brigou no colégio.

— Foi o Jonathan que me bateu.

— Sim, ela me falou, mas também disse que você estava distribuindo cópias da carta do Gabriel no colégio.

— Não, eu só joguei umas dez cópias em cima da minha mesa para fazer os meus colegas de sala pararem de me incomodar.

— Isso foi muito errado, Thiago, você não percebeu que fazendo isso estava expondo seu colega também?

— Pensei que eles não falariam mal dele, porque ele estava no hospital.

— É ainda pior, você tirou proveito de uma pessoa que esteve hospitalizada para benefício próprio, não pensou no seu amigo e em como ele se sentiria?

— Pai, me desculpa, eu não tive intenção de prejudicar o Gabriel, eu juro, mas já pensou o que os outros garotos vão falar se eu continuar amigo dele?

— Seus colegas não precisavam saber o que ele escreveu pra você. O que é mais importante pra você, Thiago, a opinião dos seus colegas ou sua amizade com o Gabriel?

— Mas ele disse na carta que gostava de mim, acho que ele não queria ser só meu amigo e estava se aproveitando da situação também.

— Isso você só vai saber quando falar com ele.

— A diretora disse que ele vai mudar de colégio.

— Você não sabe onde ele mora?

— Mais ou menos.

— Thiago, você tem que se organizar e decidir o que quer de verdade, não pode fazer esse tipo de coisa, tenta pensar e organizar as coisas nessa sua cabeça. O que você quer de verdade? O que é mais importante pra você?

Fiquei quieto, não achei uma resposta nem tinha entendido o que meu pai falou. Depois de uns minutos, sem ter minha resposta, ele mandou eu ir jantar, desci para a cozinha, esquentei a comida no micro-ondas, mas quando tentei comer não conseguia, parecia ter pregos no meio, porque a comida não descia pela garganta e comecei a me sentir sufocado, abafado, o que meu pai disse estava me perturbando e as perguntas vinham. O que eu tinha que ajeitar na minha cabeça? O que estava errado comigo? O que eu queria de verdade? E finalmente: o que era mais importante para mim?

Não tinha resposta para nenhuma das perguntas que me fiz sentado ali, larguei tudo em cima da mesa, sabendo que minha mãe ficaria brava por não limpar a sujeira e fui para meu quarto, pensei no que fiz no colégio e me arrependi, talvez já estivesse arrependido mesmo antes de ter feito. Tudo era tão confuso, o jogo de futebol, o caderno de desenhos, os sonhos estranhos e a carta do Gabriel, tentava achar algo para me segurar, um salva-vidas, mas eu estava num abismo gigante, minha cabeça com as perguntas e o vácuo das respostas.

CAPÍTULO 7

SEMANA DE TORTURA

Depois de segunda-feira, tentei levar os dias como normalmente faria, mas senti muito a falta do Gabriel na escola, já que andávamos sempre juntos de um lado para o outro. A carta cujas palavras rolavam na boca de todos me causava problemas e soluções, alguns garotos me perguntavam se era verdade o que estava escrito na carta do que eles ouviam e retransmitiam, outros faziam piadas comigo e no meio de tudo isso minha mãe me obrigou ir à igreja a semana toda.

Os garotos mais velhos do segundo grau eram os que mais me provocavam fazendo insinuações e convites grotescos, não teve um dia que não passei por situações desagradáveis ou tive de dar justificativas para um e outro.

Todas as vezes que alguém falava sobre o Gabriel me sentia destruído por mentir mais e mais, aquilo estava virando uma bola de neve rolando e descendo morro abaixo, me consumindo por dentro, minha cabeça estava prestes a explodir e eu não tinha com quem falar, com quem conversar e desabafar minhas dores. Meu pai voltou a chegar tarde do trabalho, minha mãe me obrigava a ir aos cultos e reuniões da igreja. Os garotos me incomodavam no colégio, até na igreja tive de aguentar provocações, mesmo que tenham sido de forma mais discreta e contida, alguns dos garotos que estudavam no mesmo colégio que eu e também frequentavam a nossa igreja sabiam sobre o caderno de desenhos e a carta.

Pensamentos conturbadores me assombravam a mente, eu estava muito cansado e estava difícil suportar tudo aquilo, pensei que com a carta podia reverter a história, mas teve efeito contrário, por um lado amenizou um pouco a situação na sala de aula, mas por outro fez eu ser o alvo principal do colégio inteiro.

Em um dia durante a semana quando fui ao banheiro um garoto do segundo grau me segurou, me puxou para um canto dentro de uma das repartições quando ninguém estava vendo e pôs a mão sobre minha boca.

— Fica quieto, muleke, senão eu te quebro.

Comecei a chorar, implorei que ele me soltasse, mas não adiantou, ele começou a falar coisas obscenas que queria fazer comigo, eu me debatia e chorava muito, supliquei, implorei para ele me deixar ir e quando ele tentou me beijar à força alguém abriu a porta.

— O que tá acontecendo? Larga o muleke.

Quando viu alguém entrando, o garoto que estava me segurando ficou assustado, me soltou e saiu correndo enquanto o que entrou veio me acudir.

— Tu tá bem? O que ele fez?

Não soube responder, apenas fiquei ali parado, chorando e soluçando, tive sorte que fui salvo a tempo antes que qualquer coisa tivesse acontecido, um pouco mais calmo olhei para cima e percebi que quem me salvou foi o garoto que fumava cigarros que eu tinha encontrado algumas vezes atrás da cabana de ferramentas do zelador.

— Vem comigo, anda, vamos.

Eu me senti um pouco seguro com ele, já que ele tinha me protegido e o segui pensando que ele me levaria à diretoria, mas não levou. Quando percebi estávamos no lugar em que ele fumava escondido, sentei-me bem no canto enquanto ele acendia um cigarro e o estendia em minha direção, a fumaça me ardeu os olhos e as narinas só de estar tão perto, balancei a cabeça em gesto como forma de dizer que não queria.

— O que tu vai fazer agora?

Um pouco mais calmo, olhei para ele, procurei tentar responder, mas não consegui pensar em nada, então dei de ombros.

— Cara, se ficar nesse colégio, tu vai passar um inferno por um bom tempo, e tu também fez por merecer, se não tivesse mostrado aquela carta para o colégio todo talvez agora o caso do caderno já teria abafado.

Fiquei em silêncio, não sabia o que dizer, na cabeça tinha um turbilhão de pensamentos enroscando-se uns aos outros e no peito uma lacuna gigantesca intransponível, como eu poderia saber se estava fazendo algo certo ou não se nem mesmo conseguia me entender.

— Esse Gabriel, falei com ele ontem, ele é primo de um amigo do time de futebol de salão e às vezes eu encontro ele no ginásio de esportes, ontem depois do jogo ele me perguntou se te conhecia ou se já tinha te visto no colégio.

— Ele está bem?

— Como você quer que ele esteja depois do que tu fez? De saúde ele está bem, um pouco fraco, mas ainda assim bem, talvez eles mudem de cidade de novo e por sua culpa.

— Minha culpa?

— Claro, ou você acha que os alunos se encontram apenas no colégio? Ele mal pode sair de casa para não virar piada dos outros e quando sai é acompanhado do irmão ou do primo.

— Mas eu não queria...

— Não queria, mas fez.

Não soube mais como responder e fui salvo pelo sinal que tocou, ele se levantou e saiu caminhando para fora daquele canto.

— A propósito, meu nome é Mike, não ligo pra essas bobagens que estão falando, se é que me entende, tipo: se quiser alguém pra conversar, sabe onde me encontrar.

Naquele dia voltei para casa o mais rápido que pude, não falei nada para os meus pais sobre o ataque no banheiro, não queria aumentar meus problemas no colégio. Deitado na cama, decidi nunca mais ir ao banheiro durante os intervalos.

Na quinta e sexta-feira, voltei a me esconder no canto atrás da cabana do zelador, fiquei quieto e não falei com Mike no começo, fiquei lá cabisbaixo esperando o intervalo passar enquanto Mike fumava seu rotineiro cigarro; na sexta, quando ele estava terminando de fumar, tomei coragem e fiz uma pergunta.

— Você disse que falou com o Gabriel e ele tinha perguntado de mim. O que ele perguntou?

— Nada de mais, ele só me perguntou se te conhecia, só isso.

— E o que você disse?

— Que te vi umas duas vezes. Tu gosta dele?

— Ele é meu amigo.

— Amigos não fazem o que você fez.

— Eu já disse que não queria...

— Tá... Tá.. Que seja... é só que acho que tu deveria falar com ele, fazer um pedido de desculpas e tal, se quiser posso te ajudar, você pode ir ao jogo comigo, a gente pode marcar um dia, terça que vem tem treino no ginásio.

— Não sei se minha mãe deixaria.

— Inventa uma desculpa qualquer.

— Que horas é o treino?

— Às oito da noite.

— Ela não me deixa sair tão tarde assim.

— Kara, não é à toa que pegam no teu pé, tu tá quase no segundo grau e não pode nem sair às oito sem a permissão da mamãe.

— Não enche.

— Mas é verdade, tem que crescer, muleke, ou acha que vai ficar agarrado na barra da saia da mamãe pra sempre?

— Na terça tem culto à noite, na verdade tem culto quase todo dia, e ela enche o saco para ir, se bem que se eu sair no começo do culto ela não vai perceber e deve dar tempo de voltar antes que termine sem que ela perceba.

— Tá vendo, é assim que se fala! Vamos, o sinal já vai tocar.

CAPÍTULO 8

SEÇÃO COM PSICÓLOGO II

Na sexta, após a última aula, fui direto para casa sem olhar para os lados, em casa almocei e fiquei a tarde toda jogando videogame até as seis da tarde, depois tomei banho, me arrumei e fui com meu pai para a sessão com o psicólogo. Na antessala, meu pai conversou com a secretária, virou-se para mim e disse que entraria primeiro. Dez minutos depois, ele saiu.

— Pode entrar, Thiago.

Diferente da primeira vez que conversou com meu terapeuta e saiu quase chorando, desta vez ele estava muito mais tranquilo, e parecia ter um ar de determinação em sua aura.

Entrei na sala olhando para os lados, tentando me acalmar e amenizar a sensação de deslocamento que eu sentia, sentei-me na cadeira de frente para o psicólogo e me mantive calado pelos primeiros segundos.

— Como foi a semana, Thiago?

— Mais ou menos.

— Conversei com seu pai um pouco e ele está muito preocupado com você, tem certeza de que não há nada te incomodando que eu possa ajudar?

Tomado de uma emoção súbita de desespero lembrando todo o inferno que tinha passado naquela semana desabei a chorar compulsivamente, em meio a soluços e me engasgando com as palavras comecei a contar tudo o que tinha me acontecido, sobre o caderno de desenhos, a carta do Gabriel, a importância da nossa amizade, as provocações dos colegas e outros alunos do colégio, o ataque no banheiro e o garoto dos cigarros, Mike. O psicólogo não falou nada, deixando que eu desabafasse tudo que estava trancado dentro de mim, ele apenas fazia sons como "humrum" e "hum", quando terminei já tinha me acalmado um pouco e parado de chorar, apenas soluçava e esfregava os olhos ardidos.

— Entendo, deve ter sido muito difícil passar por tudo isso.

— ...

— E você contou para seus pais sobre o ataque que aconteceu no banheiro?

— Não.

— E quanto a esse menino, o Gabriel, parece que ele é muito importante para você.

— Ele é meu melhor amigo desde quando nos conhecemos, ou era, não sei mais, me arrependo de ter mostrado aquela carta, só trouxe mais problemas.

— E o que mais você pensa com relação a ele?

— Não sei, eu queria que tudo voltasse a ser como antes, quando andávamos juntos pelos corredores e jogávamos bola no mesmo time, fazíamos quase tudo juntos.

Continuamos conversando, ele fazia observações e perguntas que percebia serem muito importantes não para responder a ele, mas para mim mesmo, comecei a me sentir melhor, um pouco aliviado, estava sendo como tirar o mundo das minhas costas e poder caminhar sem aquele peso. No entanto, ainda tinha perguntas que não fiz, coisas que não disse, coisas essas que nem mesmo eu sabia que estava sentindo ou pensando, porque ainda estava míope e não podia me enxergar.

— Nosso tempo acabou, espero ver você na próxima sexta.

Me levantei da cadeira, me despedi do terapeuta e fui encontrar meu pai, ele estava sentado lendo um jornal, parecia distraído, mas notou imediatamente quando eu saí da sala.

No caminho paramos em uma banca de revistas, não tenho ideia do que meu pai estava procurando, mas fiquei olhando algumas revistas até que encontrei uma com um Detonado[2] de um jogo que não conseguia passar há meses, depois de muito implorar para meu pai ele comprou a revista para mim, mas não antes de me dar um sermão de como economizar meu dinheiro e que ele iria descontar da minha mesada, ele sabia que eu não conseguia me segurar e gastava tudo na primeira semana do mês.

Em casa, meu pai foi para o telefone residencial e não saiu dele por horas, era tarde e nós ainda não tínhamos jantado, quando fomos jantar meu

[2] Detonado é um guia para ajudar/facilitar seja em uma parte do jogo ou em todo ele, com dicas, truques e descrição completa sobre fases, tesouros etc. Hoje, encontra-se com maior facilidade em vídeos na internet, mas antes era muito usado e publicado em revistas específicas de *gamers*.

CAPÍTULO 9

O TIO

Acordei com meu pai me sacudindo levemente pelo ombro, tentei abrir meus olhos, mas estava muito sonolento, puxei a coberta, me virei para o outro lado, tapando a cabeça na tentativa de voltar a dormir, mas ele persistiu em me sacolejar.

— Vamos, Thiago, acorda.

— Ah, pai, me deixa dormir... Só mais um pouquinho.

— Levanta, vamos, temos um longo caminho pela frente.

Fui me levantando vagarosamente parecendo um zumbi levantando-se da tumba.

— Você arrumou a mochila ontem?

— Hum, não.

— Então levanta, se arruma, prepara algumas roupas na mochila que nós vamos visitar seu tio, temos que sair cedo para não pegar trânsito.

Ainda sonolento, ajeitei a mochila, colocando algumas peças de roupa, e fui me trocar; quando terminei de me trocar, meu pai, que até então estava sentado à beira da minha cama, se levantou, veio até mim e me abraçou fortemente.

— Thiago, sabe que o pai te ama, não sabe?

Um pouco constrangido com a demonstração de afeto do meu pai, balancei a cabeça em sinal de afirmação, quando ele começou a chorar, primeiro senti algumas lágrimas que caíram sobre mim, depois ele ficou com a respiração irregular, então ele desabou em um pranto desesperado que demorou um pouco para acalmar.

— Eu te amo muito, meu filho, e faria qualquer coisa para o seu bem...

— Também te amo, pai.

Ficamos ali parados por mais algum tempo até que ele me soltou.

— Termina de ajeitar suas coisas, vou esperar lá embaixo no carro.

Coloquei mais algumas coisas na mochila que pensei que poderia precisar e desci as escadas, ao passar pela cozinha dei uma olhada no relógio de parede, eram quase cinco da manhã, fiquei fulo com meu pai, pois costumava acordar às seis da manhã para ir para a aula, e ser acordado antes me deixou muito aborrecido. Então fui para o carro.

— Pai, a mamãe não vem?

— Não, ela não gosta de ir à casa do seu tio.

— Por que ela não gosta de ir lá?

— Bobagens dela.

— E ela não vai ficar zangada se nós sairmos sem falar nada?

— Já avisei ontem à noite.

Ele deu a partida no carro, ficamos em silêncio durante grande parte do caminho e nesse meio-tempo aproveitei para tirar um cochilo até que o carro começou a sacolejar fortemente e se não fosse o cinto de segurança eu teria grudado a cabeça no teto do carro ao passarmos por uma enorme vala no meio da estrada.

— Vai mais devagar, pai, quase perdi meu ombro ali atrás.

— É essa estrada toda esburacada, vou tentar ir mais devagar.

Olhei em volta, já havíamos deixado a estrada de asfalto e estávamos em um caminho de terra e areão em que mal passava um carro pelo caminho cercado de árvores enormes dos dois lados. Volta e meia se via uma casa bem afastada com enormes pastos cheios de vacas, ovelhas e um monte de outros bichos até que pegamos uma estradinha ainda mais apertada em que os galhos das árvores raspavam contra o carro fazendo barulhos fortes e estranhos, alguns minutos depois paramos diante de um casarão.

— Esta era a casa dos seus avós, você não chegou a conhecer porque eles faleceram em um acidente de carro quando você ainda era um bebê, o pai te mostrou algumas fotos anos atrás.

— Não, acho que não me lembro.

— Seu tio deve ter guardado os álbuns de família em algum lugar, depois peço pra ele te mostrar as fotos dos seus avós.

Descemos do carro e um homem magro, alto e de aparência desleixada veio ao nosso encontro.

— Antônio, quanto tempo faz que não aparece aqui, meu irmão?

— Já faz algum tempo, uns dez anos se não me engano.

— E a sua esposa não veio?

— Você conhece a Catarina, sempre com as manias dela, mas e você, João, como está?

— Vai se indo, um pouco bom, um pouco pior, tudo depende do dia. Me separei ano passado.

— Lamento.

— Não precisa lamentar, agora estou livre pra me divertir um pouco. E esse garotão aqui é o pequeno Gaguinho? Nossa, como ele cresceu, está quase um homenzinho.

— Verdade, o tempo passa voando, meu caro, e nem nos damos conta, quando percebemos pode ser tarde.

— Vem, vamos entrar, vocês devem estar famintos, provavelmente não tomaram café da manhã ainda, devem ter saído cedo pra aproveitar o caminho livre de trânsito. Já botei a mesa do café pra todos, só estava esperando vocês chegarem.

Lembrei da briga dos meus pais ontem à noite, olhei atentamente para o meu tio João, mas não percebi nada que pudesse fazer minha mãe não gostar dele, ele só parecia um pouco desleixado, com a roupa um pouco maltratada e velha, um chapéu de palha com um buraco e uma voz mais leve e suave. Tio João nos juntou eu e meu pai pelos ombros numa espécie de abraço coletivo e foi nos conduzindo para dentro do casarão.

— Vamos, vamos entrando, temos que encher a barriguinha desse garotão, pôr um pouco de carne nesses ossinhos, magricela.

Enquanto meu pai ria, fiz uma cara de quem não gostou muito do comentário, mas já dentro de casa me deparei com uma mesa farta, cheia de coisas deliciosas, bolos, tortas, queijos, geleia, sucos de uns três tipos diferentes, doces e salgados variados que só de ver me davam água na boca, não pensei muito e fui logo me sentando, deslumbrado com tudo, meu pai e tio João se sentaram logo em seguida, mas como sempre em casa de estranhos eu era muito envergonhado e não tive coragem de tocar em nada mesmo salivando em cima de tudo aquilo até que meu tio começou a me empurrar uma coisa atrás da outra.

— Come, Gaguinho, senão não vai crescer e virar um moço bonito e não vai conseguir arrumar namorada.

Não gostei dele me chamando de Gaguinho, mas entre reclamar alguma coisa e aproveitar a comida resolvi optar pela comida, tinha saído de casa de madrugada e não tinha tomado café da manhã, mas meu pai falou.

— Acho que ele não gosta muito do apelido.

— É, Antônio, ele cresceu muito, já faz bastante tempo, a última vez que o vi ele tinha o quê, uns 2 ou 3 anos?

— Se não me engano, ele estava com 3 pra 4 anos.

Os dois começaram a conversar coisas dos velhos tempos, contavam histórias dos vizinhos, às vezes deles mesmos, quando meu pai falava lá de casa ou de minha mãe ele mostrava um olhar triste e apreensivo, mas meu tio logo percebia e mudava para outro assunto.

— ...E aquela vez que você caiu da goiabeira com um enxame de maribondos correndo atrás de você, eu me torci de tanto rir naquele dia.

— Ainda lembra dessas coisas, João? Eu já tinha me esquecido.

— Eram bons tempos...

— Nem me fale...

Depois do café, tio João me convidou para conhecer a fazenda enquanto meu pai revisava alguns documentos no laptop para a semana que vem, assim que saímos tio João me levou até uma das laterais da casa que dava em direção a um canteiro enorme e ele começou a falar das diversas coisas que plantava ali.

— Aqui é tudo limpinho, vegetais, legumes, tudo natural, sem aquele monte de agrotóxicos que vocês comem na cidade.

— Tio, o senhor mora aqui sozinho?

— Claro que não! Como daria conta da casa e de toda a fazenda sozinho?

— Mas só vi o senhor aqui e não tinha ninguém na casa.

— Eles levantam muito cedo, tem três garotos e uma menina, todos filhos do Neco e da dona Maria, que me ajudam na ordenha das vacas e tratar os bichos, eles são uma mão na roda.

— E onde eles estão agora?

— Por aí...

estranha com uma peça de queijo ao lado. Durante o almoço, reparei que só a garota mais velha e o rapaz que foi me chamar estavam sentados à mesa, então perguntei ao tio João sobre os outros de que ele havia me falado antes e ele explicou que dona Maria e senhor Neco levavam o almoço pronto e só voltavam para jantar, e seus outros filhos: o mais velho tinha ido ver um boi que estavam comprando, voltaria só alguns dias depois, enquanto o filho mais novo deles está na fazenda dos vizinhos "ajudando com a colheita". Tio João fez meio como um drama enquanto colocava aspas com as mãos na frase "ajudando com a colheita".

Depois do almoço, fui me deitar em um dos quartos da casa, que por sinal tinha muitos quartos, enquanto isso meu pai saiu para ajudar meu tio com o trabalho na fazenda. Eu não via nada de legal em sair o fim de semana para trabalhar na fazenda, mas ele queria ajudar no que podia fazer, talvez ele gostasse, ou só queria reviver os tempos em que era jovem.

Um pouco mais tarde, por volta das duas ou três, não vi as horas, saí um pouco, queria sair para mais longe, mas tio João disse que era melhor eu ficar pelos arredores do casarão para não acabar me perdendo e também que era perigoso, pois tinha bichos como cobras.

Um pouco entediado por não ter meu videogame para jogar e mais nada a fazer, pois já tinha explorado todos os arredores do casarão, fui até o carro e fiquei deitado em cima do capô, quando de longe vi um garoto vindo, ele andava meio despreocupado, chutando as pedras no meio do caminho, arrancando pedaços de mato e pondo-os na boca; quando ele chegou perto, parou, olhou os arredores e depois me encarou.

— O que você está fazendo aí em cima?

— Nada, só passando o tempo.

— Jeito mais estranho de passar o tempo.

Não respondi nada, dei de ombros e ele se dirigiu à porta, um tempo depois chegou um casal de senhores, olharam para mim em cima do carro por uns minutos, depois entraram sem dizer nada, fiquei enrolando deitado na capota do carro por mais um bom tempo, vendo o céu escurecendo e as estrelas aparecendo, a lua estava muito bonita, era uma visão magnífica que me distraiu e quando dei por mim já estava sendo atacado por uma legião de mosquitos querendo me devorar, desci do capô do carro e dei de cara com o garoto que tinha passado por mim anteriormente, ele estava sentado na varanda me olhando por um bom tempo.

— A janta deve estar quase pronta, se você perder tempo vai acabar dormindo de estômago vazio.

Nem dei bola para o que ele estava dizendo, eu estava mais preocupado com aquele monte de mosquitos me comendo vivo, corri para dentro. Já a salvo dentro de casa, comecei a me coçar feito louco.

— Não se coça ou vai ficar cheio de feridas.

— É fácil falar, não foi você que quase foi devorado vivo.

— Toma, passa isso que vai aliviar a coceira.

— Obrigado, me chamo Thiago e você?

— Meu nome é Lucas, mas pode me chamar só de Luca.

— Você é o filho mais novo da dona Maria e do senhor Neco que o tio João falou?

— Esse sou eu! E você é o sobrinho que ele falou ontem à noite que viria nos visitar, você é quase do meu tamanho, quantos anos tem?

— Treze e você?

— Quatorze, mas faço quinze daqui a três meses.

— Vou fazer 14 mês que vem, faltam só alguns dias.

Enquanto conversava com Luca, esqueci os malditos mosquitos e a coceira infernal que sentia momentos antes. Um pouco depois, tio João veio até nós.

— Luca, estava te procurando, você pode cuidar do Thiago amanhã?

— Cuidar de mim?

— É, levar para conhecer os lugares mais afastados na fazenda, quem sabe até ir pescar um pouco ou ir ao pomar pegar umas frutas frescas direto no pé.

— Cuido, sim, Seu João, mas primeiro tenho que ordenhar as vacas.

— Estamos combinados, agora vamos jantar para ir dormir que amanhã a lida é cedo.

Durante a janta, foi uma tagarelice que mais parecia uma festa, comida indo de um lado para o outro na mesa e cada um contando uma curiosidade que tinha acontecido durante o dia, eles ficaram ali por mais de uma hora e meia comendo e falando, falando e comendo. Quando não pude mais aguentar, me levantei.

— Tio, estou meio cansado, onde é que vou dormir?

— Você quem sabe, tem vários quartos pelos corredores, pode escolher um ou se não quiser ficar sozinho pode dormir no quarto do Luca, tem uma cama vazia.

Peguei a minha mochila no carro e depois fui até um dos quartos vazios que tio João havia falado, troquei de roupa e me deitei na cama, mas não consegui dormir, o colchão era muito duro, desconfortável e a noite parecia muito assustadora naquele quarto vazio, então vi alguém passando pelo corredor e fui até a porta.

— Luca?

— Que roupa engraçada você tá usando?

— É roupa de dormir, é muito mais confortável.

— Roupa de dormir? Olha só, vocês da cidade têm cada uma... E o que você precisa?

— Não estou conseguindo dormir nesse quarto, será que posso dormir no seu? O tio João falou que tem uma cama vaga.

— Pode, sim, é aquelas quatro portas para a frente daquele lado, tá vendo? Vou só pegar uma coisa lá embaixo e já vou me deitar também.

— Obrigado.

— Fui até o quarto que o Luca me apontou, vi duas camas, uma ainda com os lençóis arrumados e bem estendidos e outra já meio revirada. Puxei o lençol e estendi o cobertor, coloquei minha mochila em um dos braços da cama e me deitei, minutos depois Luca apareceu no quarto.

— Agora tá melhor para dormir?

— Essa cama parece bem melhor, aquele colchão estava muito duro.

Ele se espreguiçou e começou a tirar a roupa, então me virei para o outro lado da cama de costas para ele, mas ele riu da minha atitude.

— Não disse que vocês da cidade são muito estranhos.

— Hã?

— Você se virou só porque eu tirei a camiseta?

Me virei de volta e ele estava sem camisa com todo o peito à mostra, engoli em seco e tentei disfarçar a vergonha me cobrindo até a cabeça com o cobertor.

— Boa noite, menino da cidade.

— Boa noite.

Baixei a coberta e olhei na direção de Luca, ele estava de costas para mim, coberto apenas com um lençol fino, dava para ver pela transparência do lençol quase todo seu corpo seminu. Eu perdi o sono, não conseguia mais dormir, tentei virar para o outro lado, mas não adiantou, eu queria ficar virado para ele, queria ver seu corpo, não entendi o que estava acontecendo, eu estava sendo tomado por desejos estranhos, uma vontade imensa de levantar e tocar seu corpo tomou conta de mim, era um desejo desconhecido, era muito mais intenso do que qualquer coisa que já havia sentido. Ele era um garoto e isso estava errado em algum lugar, mas eu nunca tinha me sentido assim, nem mesmo quando via revistas de mulheres nuas com os outros garotos, meu corpo estava fervendo, pegando fogo, meu pinto latejava rigidamente duro. Eu queria, desejava quase que descontroladamente ir até a cama dele e tocar naquele corpo, mas não podia. Lembrei-me da igreja, do pastor e que era errado, voltou tudo na minha cabeça, os outros meninos no colégio me incomodando, a professora dizendo que iria para o inferno e, em meio ao desespero, sem saber o que fazer, saí do quarto, fui correndo até a cozinha, tomei um copo d'água e, quando estava me virando para voltar pro quarto, ele estava diante de mim bem na minha frente a apenas um metro de distância, só de cueca e meias bem diante dos meus olhos sem lençol para encobrir qualquer coisa.

— O que deu em você que saiu feito um cavalo desembestado correndo pela casa toda?

Um suor gélido começou a correr pelo meu corpo todo enquanto o sangue me fervia nas veias, tentei falar alguma coisa, mas não saía palavra nenhuma, minhas pernas amoleceram e então apaguei. Quando recobrei a consciência, meu pai estava do meu lado me chamando, olhei em volta e percebi estar em outro quarto, fui recobrando a consciência e vagarosamente ficando mais lúcido.

— O que aconteceu com você, filho?

— Eu não sei, pai... Não sei...

— Você me deu um grande susto, o Luca saiu gritando pela casa toda que você tinha morrido na cozinha.

— Pai, eu tô com medo... Muito medo...

— O que está acontecendo, meu filho, pode confiar em mim, o pai vai estar aqui sempre do teu lado, não importa a situação.

— Eu... Eu não quero ir pro inferno...

— Pai...

— Tô aqui, filho, tô aqui só pra você!

— O tio João vai pro inferno?

— Claro que não, meu filho.

— E eu vou?

— Não, meu filho. Por quê?

— Eu não entendo, foi muito estranho, eu nunca me senti assim.

— Me conta, meu filho, o que você está sentindo, o pai quer muito te ajudar.

Ele estava chorando, suas lágrimas me pingavam ao rosto juntando-se com as minhas, então comecei a contar o que aconteceu, o que me fez desmaiar na cozinha, o ataque do garoto no banheiro, as brincadeiras desagradáveis dos outros garotos do colégio e o medo que estava tomando conta de mim, quanto mais eu falava, mais forte ficava seu abraço. Então foi a vez de ele falar.

— Meu filho, eu te amo tanto. Sabe por que sua mãe não gosta do seu tio? Ele até pouco tempo era casado com outro rapaz e viviam juntos aqui na fazenda, sua mãe acredita que por causa da nossa religião não podemos viver com pessoas assim. Eu já tinha conversado com ela muitas vezes sobre esse assunto, mas ela é cabeça-dura e não consegue aceitar nada que seja diferente, eu tô um pouco cansado de tudo isso e é por isso que vou ficar longe de casa por uns tempos.

— Se o senhor sair de casa, como eu vou ficar? Vai me deixar lá sozinho?

— Não te preocupa, Thiago, o pai vai se afastar de casa, e não de você, estarei sempre por perto quando precisar, mesmo que tenha que perder dias de trabalho, não importa.

— Pai, eu tenho medo, muito, muito medo, medo dos outros garotos do colégio, medo de ir pro inferno e das coisas horríveis que estão falando de mim.

— Eu vou fazer o melhor de mim para te proteger de tudo isso e não precisa ter medo do inferno, ele é só uma coisa que os antigos usavam para assustar as pessoas, sua mãe leva tudo ao pé da letra e não é bem assim. Sabe os personagens das mitologias?

— Sei.

— O inferno é como um dos mitos da mitologia usado para assustar as pessoas ignorantes e assim ter controle sobre elas e impedindo que façam o que julgam errado.

— Eu te amo, pai, vou sempre te amar.

Adormecemos os dois ali juntos abraçados na mesma cama. Ao mesmo tempo em que me sentia confuso, agora me sentia aliviado por ter meu pai ali comigo do meu lado me protegendo.

CAPÍTULO 10

A PESCARIA

No dia seguinte, fiquei na cama até tarde, meu pai levou o almoço no quarto, eu estava com muita vergonha e não queria cruzar caminho com Luca e os outros.

Enquanto comia olhava para meu pai disfarçadamente que apenas ria da minha atitude.

— Se você não sair da cama e continuar aí envergonhado, como vamos embora hoje à noite?

— Não estou envergonhado!

Estava morrendo de vergonha e quase me afoguei com a espinha de peixe negando isso.

— Come devagar, rapaz.

— Pai.

— O que foi?

— O senhor vai mesmo se separar da mamãe?

— Não sei, meu filho, mas não quero falar disso, nós viemos aqui para passar um fim de semana tranquilo, não foi?

— Não sei, o senhor não falou nada sobre isso antes.

— Que seja.

— Pai, o senhor me odeia?

— Claro que não! Por que eu deveria odiá-lo?

— Essas coisas que estou sentindo...

— Eu nunca iria te odiar por isso, cresci com seu tio e aprendi a entender.

— Mas eu não entendo.

— Não te preocupa com isso por enquanto. O que acha de irmos pescar?

— Agora?

— Por que não?

— Se o senhor insiste.

— Deixa de enrolar com a comida e se levanta desta cama então.

Comi o mais rápido que pude, me engasgando mais duas vezes, troquei de roupa enquanto meu pai mexia em umas coisas no armário.

— Aqui está.

— O que é, pai?

— Meu estojo de pesca.

— Estojo?

— Iscas, anzóis, linhas e o principal: meu chapéu de pesca da sorte, seu tio me deu ele depois de ver um filme norte-americano em que o protagonista saía para pescar e usava um parecido.

— O senhor e o tio João parecem se dar superbem.

— Eu e seu tio crescemos nesta fazenda, mas um pouco depois do acidente de seus avós não consegui mais voltar aqui.

— Já tô pronto, pai.

— Vamos chamar seu tio.

— Vou esperar aqui no quarto.

— Não precisa se preocupar, não tem ninguém em casa além de nós três.

Enquanto meu pai ia chamar tio João, esperei em frente ao curral, minutos depois eles chegaram trazendo três longas varas de pesca e mais uma caixa pequena igual à que papai tinha pegado no armário.

— Vamos, Thiago, quero ver você pegar um peixão.

— Eu nem sei pescar, tio.

— Pra que servem os pais se não for para ensinar essas coisas? Não é, Antônio?

— Claro.

— Caminhamos mais de quinze minutos fazenda adentro até chegar a um lago com águas translúcidas dando para enxergar até as pedras no fundo, olhei atento para o lago.

— Mas aqui não tem peixe!

— Não é aqui que vamos pescar, olha mais em frente, está vendo depois daquela colina com umas árvores?

— O que tem lá, tio?

— Um rio que atravessa toda a fazenda, tem cada peixão enorme.

Deixamos a lagoa para trás e caminhamos mais um pouco até chegar ao rio, as águas do rio eram turvas e barrentas, não acreditei ter peixes ali, mas o que eu entendia, não sabia nada sobre peixes, corri os olhos por todo o rio até onde a vista podia alcançar, olhando de um lado ao outro até que para minha surpresa em uma ponte muito feia e torta estava Luca, recuei instantaneamente alguns passos quando senti o braço do meu tio me segurar passando pelas minhas costas e me segurando pelo ombro, meio falando, meio sussurrando ele disse.

— Calma, não se preocupa, Thiago, ele nem sabe de nada, pra ele foi só um desmaio que você teve pelo susto quando foi surpreendido.

Respirei fundo e segui em frente, sentamos à beira do rio, um pouco afastados da ponte torta, em algum momento Luca percebeu nossa presença e foi se juntar a nós.

Eu olhava para a vara de pescar, para meu pai e tio João pescando, mas não entendia como eles conseguiam fazer aquilo, puxando a vara para trás com jeito e lançando para a frente a ponta onde ficava o anzol, caía certinho onde eles queriam, com uma habilidade exímia na pescaria, enquanto isso eu estava muito estabanado com isca e anzóis sem saber como encaixar aquilo tudo.

— Ai... Ai, droga, porcaria, droga, droga...

— O que aconteceu, Thiago?

— Espetei a porcaria do dedo na droga do anzol. Pai, se soubesse que era tão difícil, nem tinha vindo.

— Espera, eu te ajudo.

Então meu pai começou a me ensinar para que servia cada coisa e onde botar o que naquele monte de parafernália da caixa. Volta e meia tio João e papai tiravam um peixe do rio, algumas vezes eles soltavam de volta e outras não.

— Por que vocês estão soltando os peixes, tio?

— São muito pequenos, Thiago, assim eles podem crescer e encher o rio com mais peixes.

— E aqueles pequenos que estão ali?

— Aqueles estão muito machucados por causa do anzol e se soltar eles vão morrer então é melhor levar para comer fritinhos com farinha.

Continuei tentando pescar, mas não pegava nada, ficava observando os três pescarem para ver se aprendia, mas mesmo assim não consegui aprender muito, até que Luca resolveu me ajudar dando algumas dicas.

— Você está puxando muito cedo e rápido demais, pescar tem de ser com calma e paciência, olha ali na rolha do meu. Está vendo?

— O que tem?

— O peixe está mordendo bem devagar só está mordiscando a isca pelas pontinhas, mas quando ele morder pra valer a rolha vai afundar bem rápido, depois é só puxar.

— O treco afundou...

Ele, que estava distraído me explicando, puxou com alguma força e eu dei um grito assustado.

— Uma cobra, uma cobra...

Todos começaram a rir de mim enquanto eu estava ali parado assustado sem entender o motivo da graça até Luca decidir me explicar.

— Calma, não é uma cobra, é um peixe, olha bem, nem parece muito uma cobra.

— Não tem graça, eu não sabia que existiam peixes-cobra.

— É um peixe chamado muçum, ele parece bastante com uma cobra, mas não é.

— Não sei em que mundo isso é um peixe, olha bem, nem parece nada com peixe, é uma cobra, não tem como não ser.

Eles desabaram a rir de novo, depois se desculparam, mas não conseguiram parar de rir da minha cara séria, meio que impulsionado por eles desamarrei a cara e comecei a rir, não sei se ri de nervoso ou deles ou, ainda, com eles.

Conversamos baixinho, falamos de coisas leves, mas levei muitas broncas por não controlar o tom da minha voz, pois tinha de ficar mais quieto para não assustar os peixes. Só me perguntava se os peixes ouvem debaixo d'água para ter de ficar fazendo tanto silêncio. No final eu não consegui pescar nada, até que papai e tio João já estavam se ajeitando e arrumando as coisas para voltarmos para o casarão.

— Vamos, Thiago? Luca?

— Calma, tio, olha, tá mordendo.

— Deixa o garoto da cidade pegar pelo menos um peixinho, Seu João.

— Vamos esperar um pouco, mais uns dez minutos.

Nisso a rolha desceu com muita velocidade, tentei puxar a vara, mas deu um solavanco e fui puxado para a frente, quase caindo no rio. Num salto de não sei onde, Luca apareceu me abraçando por trás e segurando a vara na minha frente.

— Segura firme, esse parece ser um dos grandes, puxa em um, dois e três, vai.

Juntos puxamos o peixe para fora d'água, era um peixe enorme, muito maior do que os que meu pai e tio João tinham pegado anteriormente.

— Que peixão, olha isso, João. Parece que o melhor ficou pro final.

— E você que pensava que seu garoto não pescava nada, não é, Antônio? Ele estava era escondendo as habilidades de pescador para nos surpreender.

Fiquei estarrecido olhando o peixe, não pude acreditar que eu tinha conseguido pegar um, e um grande, até que me dei conta da situação constrangedora que tinha acontecido, olhei pro Luca, mas ele já estava tirando o peixe do anzol.

— É, garoto da cidade, você pegou um dos grandões, a última vez que pegamos um desses tem quase dois anos.

— É tão grande assim?

— Se é...

Luca falou aquilo me olhando com um sorriso estranho como se estivesse falando de outra coisa que não entendi. Então no caminho de volta fui cantando e pulando inocentemente com aquele peixe enorme balançando dependurado num pedaço de galho forquilhado, eles me olhavam, riam e gritavam comigo enquanto eu já ia mais à frente.

— Sorte de principiante.

— Só amador pra fazer dessas.

— Não liga, meu filho, eles estão com inveja.

Já no casarão, meio contra a vontade, entreguei o peixe para ser assado no jantar, subi até o quarto onde estavam minhas coisas, peguei uma roupa limpa e fui tomar banho, a banheira era ótima, me distraí brincado com a espuma. Após o banho, voltei ao quarto e fiquei lá enrolando na cama sem saber o que fazer, algum tempo depois meu pai entrou no quarto.

— Thiago, liguei para sua mãe agora há pouco e nós vamos voltar só na terça à tarde.

— Mas e o colégio?

— Esquece o colégio por enquanto e te preocupa em relaxar e se divertir.

— E se eu perder muita aula? Eu posso ser reprovado!

— Já está no fim do ano e suas notas sempre foram muito boas, acho que uns dias não vão ser tão ruim assim.

— Se o senhor diz... mas se eu reprovar não pode brigar comigo.

— Não tenta tirar vantagem para querer relaxar no colégio, mesmo sendo os últimos dias.

Descemos juntos para o jantar, comemos o peixe que pesquei à tarde assado e recheado, estava muito bom, depois fui para o quarto com cama de casal e colchão duro, estava com vergonha de dormir no mesmo quarto que Luca e não podia dormir com meu pai novamente.

— Eu não posso beber álcool; se meu pai descobre, ele vai me deixar de castigo pelo resto da vida, isso depois de me matar algumas vezes.

— Ele não vai descobrir, a gente vai ficar aqui até de tarde e ali na trilha tem um mato que tira o cheiro de álcool da boca.

— Tem certeza de que ele não vai saber?

— Tenho, é só você se cuidar que ele não vai nem sonhar.

Então ele encheu os copos e começamos a comer e beber. No começo eu dava pequenas bicadas no copo de vinho, depois já estava dando grandes goles até que, por fim, ia virando o copo quase todo de uma só vez. Enquanto bebíamos ele ia me perguntando sobre o colégio e coisas do tipo, falei sobre jogos de videogame e sobre a locadora, os novos filmes lançados, um pouco sobre a loja de jogos e muito sobre o Gabriel e como ele era meu melhor amigo desde o dia em que ele foi transferido para o colégio no ano passado, até que a comida acabou e logo depois o vinho, então nos deitamos sobre a toalha e ficamos quase um do lado do outro conversando sobre músicas e coisas que costumávamos fazer para passar o tempo. Em algum momento, ele estava me sacudindo.

— Ei, acorda, você estava quase dormindo, lava o rosto pra espantar o sono.

— Não estou dormindo, só pensando um pouco.

— Pensando de olhos fechados e quase roncando?

— É e eu não ronco.

— Então para de pensar, tira a roupa e vamos cair na água pra espantar a sonolência, senão seu pai vai desconfiar que você bebeu.

— Eu já disse que não ia tirar a roupa.

— Então entra de roupa se quiser.

— Daí vai molhar.

— Entra de cueca, a cueca seca rapidinho, você nem vai perceber que molhou e quando chegar em casa é só trocar.

Um pouco envergonhado tirei a camisa e a calça e fiquei de cueca, ele por sua vez nem estava olhando para mim, tirou a cueca, a jogou com as outras roupas e pulou na água de cima de uma pedra. Eu fui entrando devagar, a água estava gelada, o que era bom, pois já estava quase começando verão e o dia estava muito quente, continuei entrando até chegar perto da queda d'água, mas me mantive a uma certa distância e também me mantive afastado do Luca, que ia de um lado para o outro dentro do pequeno lago.

Num momento de distração da minha parte, meio que de repente, Luca veio por baixo d'água e apareceu bem na minha frente, recuei um pouco e ele começou a se aproximar atirando água em mim, levado pelo ritmo da brincadeira atirei água nele também, então ele se aproximou ainda mais e começamos a brincar de brigar com os braços até que ele me empurrou contra uma pedra e me sustentou com os braços segurando as minhas costas, foi colando seu corpo no meu até ficarmos com os rostos quase colados, pude sentir todo seu corpo nu grudado ao meu e sua respiração ofegante, fui ficando ofegante também até que ele se aproximou ainda mais, seu rosto perto do meu, quase senti seu lábios a milímetros de colar aos meus, meu corpo inteiro tremia implorando para ele continuar, mas alguma coisa na minha cabeça dizia que era errado, que não estava certo fazer aquilo, então o empurrei antes que nossos lábios se tocassem, ele me olhou meio com desejo, meio com espanto, ainda respirando profundamente, então saí da água correndo, vesti minhas roupas o mais rápido que pude e ia me encaminhando para voltar para o casarão quando ele caiu em si e gritou.

— ESPERA! Espera eu colocar a roupa que vou com você.

— Não, eu vou sozinho.

— Você sabe o caminho de volta?

Parei, pensei, eu não sabia o caminho de volta e tinha que esperá-lo, mas não queria, não sabia se eu estava com vergonha ou o que tinha de errado comigo, as únicas perguntas que me vieram à mente eram: por que eu queria tanto aquilo e por que eu não podia, então ele me alcançou. Fomos caminhando grande parte do caminho sem falar nada, quando saímos do meio das árvores foi que saíram as primeiras palavras dele.

— Me desculpa?

— Não sei.

— Eu pensei que você também queria, você ficava me olhando enquanto eu nadava e durante o lanche, achei que você estava a fim também.

— Eu não sei, acho que queria, mas fiquei com medo.

— Medo do quê?

— Sei lá, é como se uma coisa ficasse me dizendo que eu não posso fazer isso.

— E você já fez?

— Não.

— E já sentiu vontade?

— Já.

— Com um menino?

— Sim.

— E com uma menina?

— Não.

— Então não tem nada errado com você. Você só não tem coragem de se entregar a esse sentimento.

— Pode ser.

— Sabe, acho que você pode estar apaixonado e por isso tem medo, se for com alguém que você goste você não vai sentir esse medo.

— Apaixonado? Como você pode saber disso e eu não?

— Vocês da cidade nos chamam de ingênuos, mas não se dão conta nem dos próprios sentimentos.

— Não entendi.

— Vai entender um dia... Talvez... Mesmo assim me desculpa se forcei muito.

— Me desculpa também, não queria ter empurrado daquela forma, fiquei assustado, acho que não tô pronto para uma coisa dessas e ainda estou um pouco confuso.

— Eu entendo, sabe, até semana passada eu estava namorando com um carinha da fazenda vizinha, mas os pais dele descobriram e me enxotaram de lá à bala, acredita nisso? Ontem, domingo, fui falar com ele depois do trabalho e ele disse que estava indo embora e que não poderíamos mais nos ver. Agora tô sozinho de novo.

— E você não tem vergonha dos outros e de seus pais?

— Claro que não, meus pais são muito mais legais e compreensivos, eles sempre ficaram do meu lado, não tenho vergonha de ser o que eu sou, se os outros não gostarem de mim pelo que sou, são eles que têm que sentir vergonha por não saberem como aceitar as nossas diferenças.

— Mas se você estava namorando o outro menino, por que quis fazer isso comigo?

— Ele e eu não estamos mais juntos, e você é bonitinho, me senti um pouco atraído por você e eu gos... Ah, tanto faz, você não precisa saber isso.

— E não tem medo de ir para o inferno?

— Hahaha. Você tem?

— Claro que tenho!

— Hahaha. Se fosse como os outros dizem, todos vamos para o inferno juntos e o céu vai ficar vazio.

— Por que você disse isso?

— Todo mundo faz coisas erradas e, se fosse para o inferno por isso, nós todos estaríamos perdidos, pra ir pro céu não precisa ficar nessa ou naquela, é só ser uma pessoa de bom coração e se sentir bem consigo mesmo.

— Sei lá, é um jeito diferente de pensar.

— Cada pessoa pensa de uma forma diferente, é por isso que tem um monte de gente dizendo: se fizer isso, vai pro inferno; se fizer aquilo, é pecado; aquilo outro também; e assim vai, por isso penso que do meu jeito vou pro céu, do meu jeito e não do deles, amar não é pecado, pecado é negar amor.

— Você é doido, mas até que é legal.

— Se quiser pode passar no meu quarto esta noite. Podemos conversar sobre essas coisas, você parece estar bem perdido com tudo isso.

— Eu acho que entendi o que você disse agora há pouco.

— O quê?

— Nada, não, você é a primeira pessoa com quem falo sobre isso com naturalidade e ainda não sei bem como me sinto ou como me sentir a respeito de tudo, preciso pensar melhor sobre tudo isso.

— Eu converso com Seu João direto, ele me ajudou muito a me entender e a entender certas coisas quando estava perdido, como quando esse garoto que te contei terminou comigo. Por que você não fala com ele?

— Vou pensar.

— Chegamos.

— Obrigado, Luca.

Dei um abraço nele, senti como se ele fosse um amigo, alguém especial que me deu um pouco de conforto e me ajudou a começar a entender alguma coisa sobre mim mesmo. Entrando na casa, Luca foi ajudar sua irmã com os afazeres e eu fiquei sentado na sala assistindo TV até que vi o tio João entrando pela porta, então antes que ele pudesse fazer qualquer coisa me levantei do sofá e fui até ele.

— Tio João.

— O que foi, Thiago?

— Eu queria falar com o senhor.

— Pode falar.

— É que... Sabe... Tinha que ser em particular e aqui alguém pode ouvir a conversa.

— Está bem, você me espera, vou tomar um banho rápido, depois podemos conversar, vou te mostrar meu lugar especial da casa.

— Eu espero.

Fiquei esperando no sofá até que ele apareceu na escada e me chamou para um dos quartos vazios do terceiro andar, ele abriu uma portinhola no teto, nós subimos e meio que agachados andamos até o vitral da frente da casa, no vitral ele destrancou uma espécie de fechadura e passou para o lado numa quase área, então me deu a mão e me ajudou a passar para o lado de fora, andamos pela beirada do arco até subirmos em uma parte plana do telhado, lá ele sentou e me chamou para ficar a seu lado.

— Senta aqui do meu lado, está começando a anoitecer, olha como o céu da fazenda fica bonito olhando daqui à noite.

Sentei-me ao seu lado, mas não sabia como puxar conversa, muito menos como falar sobre certas coisas como tinha conversado com Luca mais cedo, mas foi ele quem começou a falar.

— Eu também queria falar com você, Thiago, seu pai tem conversado muito comigo e ele esteve muito preocupado, ele me falou que você ouviu nossa conversa noite passada e depois vocês conversaram um pouco sobre o assunto.

— Aquele linguarudo.

— Ele te ama muito e quer o seu bem.

— Eu sei, mas é que assim fica ainda mais difícil de falar.

— Não precisa se preocupar, pode perguntar o que quiser, se o tio souber vai responder da melhor forma possível.

— Tio?

— Sim.

— O senhor não tem medo? Tipo: como o senhor consegue ser assim?

— Todos temos muito medo, as pessoas são muito cruéis quando querem e quando não querem também, mas se não enfrentar nunca vai conseguir superar os medos nem viver uma vida de verdade.

— Eu tive medo hoje...

— Medo do quê?

— Não sei se devo dizer...

— Você está falando do Luca?

— Como o senhor sabe?

— Eu desconfiei quando estávamos pescando e você pegou aquele peixe enorme, ele se engraçou pra você, mas você estava tão aflito com o susto de quase cair no lago que não deve ter percebido.

— Sério?

— Ele tentou fazer alguma coisa? Tentou forçar você? Se sim, me diz que arranco as orelhas dele pra pôr na feijoada de amanhã.

— Não, tio, nós conversamos um pouco e ele ajudou muito a entender algumas coisas e foi ele quem disse para vir conversar com você.

— Então? Por que você ficou com medo dele?

— Não fiquei com medo dele, quer dizer, um pouco, mas tive medo da situação, é que antes de conversarmos ele tentou me beijar na cachoeira, daí fiquei na dúvida e depois com medo então o empurrei e saí correndo, mas tive de esperar por ele porque não sabia o caminho de volta e então conversamos e ele me explicou umas coisas.

— Você acha que gosta dele?

— Não... Não sei... Talvez... Acho que não, acho que gosto de outra pessoa, estou muito confuso com tudo isso, não sei como é gostar de alguém, mas eu tive vontade de fazer certas coisas com ele, sabe?

— Sei, sim. Existem muitos sentimentos e às vezes podemos confundi-los; por exemplo, às vezes a gente se apaixona e acha que é amor, mas a paixão é só uma atração de uma pessoa pela outra só que com muita intensidade e dura muito pouco. Você gosta de alguém?

— Não sei, acho que sim, mas não tenho certeza, porque não sei o que devo sentir quando gosto de alguém.

— É bom gostar de alguém, você não precisa ter medo de amar.

— Mas, tio, todo mundo fala que é errado, e no colégio então é um inferno, teve até um carinha que tentou me agarrar no banheiro à força, mas outro carinha me ajudou a tempo.

— Eu sei como é tudo isso, e no meu tempo era ainda pior, Thiago, quase abandonei a escola... Hoje em dia, tem muito mais informações e muitos já entendem melhor as coisas, e não são tão preconceituosos, mais ainda existe muita gente com a cabeça cheia de ideias retrógradas e medievais que não conseguem entender que todos têm direito de amar. Quando acontece uma coisa ruim, como essa do garoto no banheiro, você tem de ser forte, resistir e pensar que não está sozinho, existem muitos como nós na mesma situação, e juntos, através das nossas lágrimas e sofrimentos, estamos conquistando espaços e o direito de viver como seres humanos iguais a todos os outros, estamos dia após dia, lágrima após lágrima construindo um mundo melhor para nós e para aqueles que vierem depois de nós.

— Nossa, tio, olhando desse jeito quase dá pra pensar que sofrer é bom.

— Não é bom, mas ajuda a gente a crescer, aprender e evoluir.

— Acho que entendi.

Ficamos até tarde ali conversando, contei tudo, todos os meus problemas e dúvidas por que estava passando, e à medida que ouvia as palavras do meu tio sentia minhas dúvidas serem esclarecidas, minha mente ia se desenroscando dos nós e voltas que tinha dado, e eu me sentia melhor comigo mesmo, ele por sua vez respondia às minhas perguntas, cada dúvida minha, com muita clareza e naturalidade.

— A vista daqui de cima é mesmo muito bonita.

— Eu e seu pai vínhamos aqui sempre quando éramos garotos, era nosso lugar secreto e especial. Quando brigávamos sabíamos exatamente onde o outro estava e sempre acabávamos fazendo as pazes bem aqui.

— Vocês brigavam muito?

— Quase sempre, mas seu pai sempre esteve lá quando precisei para me proteger, não importava o que acontecia, ele era meu herói.

— Eu também queria ter um irmão assim.

— Hahaha, mas também tem muitas vantagens em ser filho único, não é?

— Quais?

— Você não divide mesada, não tem de bancar a babá, sempre tem bons presentes de Natal e aniversário e não leva a culpa quando seu irmão faz algo como quebrar alguma coisa.

— Olhando desse jeito, acho que o senhor está certo.

— Vamos descer? Eles já devem estar jantando a uma hora dessas, e não esquece, Thiago, seu pai é seu melhor amigo e estará lá sempre para ajudar assim como esteve por mim quando precisei e se quiser conversar de novo ou desabafar eu estarei aqui para te ouvir quando quiser.

Descemos e como tio João disse estavam todos à mesa, mas ninguém estava jantando, estavam esperando por nós com a mesa posta. Após a janta, fui me deitar e consegui dormir tranquilamente como se estivesse livre de tudo que me afligia.

Enquanto minha mãe conversava com uma irmã da igreja, o porteiro veio até ela.

— Irmã Catarina, o Pastor disse que a senhora precisa da minha ajuda.

— Sim, liguei pra ele mais cedo, eu trouxe umas caixas pra doação que estão no carro. O senhor poderia me ajudar a carregar para a tesouraria?

Foi quando eu tive a ideia de como sair sem que a minha mãe percebesse.

— Mãe, se quiser a senhora pode ir fazer a oração antes do culto começar, eu ajudo o porteiro a carregar as caixas e depois levo as chaves.

— Não esquece de trancar o carro então.

— Pode deixar.

Levei o porteiro até o carro e começamos a carregar as caixas, enquanto isso vi minha mãe subindo as escadas e se dirigindo ao interior da igreja, abri a porta do porta-malas, olhei as caixas e calculei para ele pegar a última quando eu pegasse a penúltima caixa. Quando estava acabando, fui correndo para alcançar o porteiro, ele já estava saindo para pegar a última caixa, então entreguei as chaves para ele e pedi que trancasse o carro e depois levasse as chaves para minha mãe, que eu ia ao banheiro e depois subiria para o culto. Fui até o banheiro e, quando voltei, vi ele na entrada da tesouraria; enquanto ele entrou, saí pelo outro lado da rua e corri como um louco para chegar ao ginásio de esportes.

Eram quase sete horas quando cheguei ao ginásio de esportes, mas não entrei, esperei em uma lanchonete que ficava bem na frente, pedi um refrigerante em lata e me sentei em uma mesa da qual dava para ver toda a rua, mas que ficava escondida pelo toldo da lanchonete. Alguns minutos depois, vi o Gabriel com outro rapaz, bem maior e corpulento, a princípio pensei em ir até ele, mas fiquei com receio e esperei para ver se o Mike aparecia; um pouco depois que o Gabriel entrou no ginásio, o Mike apareceu do outro lado da rua, corri em sua direção.

— Oi, tu veio, achei que não ia vir.

— Oi, Mike, eu preciso muito falar com o Gabriel.

— Por que não fala com ele no colégio?

— Achei que ele ia se transferir pra outro colégio.

— Parece que não, ele tava ainda ontem no colégio com o irmão dele.

— Acho melhor falar com ele agora, vai ser mais calmo do que no colégio.

— Pensando desse jeito, acho que tu tem razão.

— Você me ajuda?

— O que você quer?

— Você pode avisar pra ele que estou aqui e dizer pra ele me encontrar?

— Não vai ser ruim conversar na lanchonete?

— Mas não tem outro lugar.

— No ginásio, do lado da porta de entrada da esquerda, tem os banheiros e, em frente do banheiro, tem uma portinha pequena que leva pra uma salinha debaixo das escadas, eu posso dizer que tu está esperando lá. O que tu acha?

— Os outros não vão ver ou ouvir?

— Não, aqueles banheiros dificilmente são usados, só em dia de eventos eu acho, e o concreto é grosso por causa das escadas, vai abafar o som, vocês podem conversar tranquilos, ninguém vai ouvir.

— Vou esperar lá enquanto você chama ele.

Na porta da esquerda do ginásio, Mike se dirigiu para as escadarias, enquanto eu fui procurar a porta em frente aos banheiros abaixo da escadaria, não demorou muito para eu encontrar e estava entreaberta, entrei e esperei lá por alguns minutos.

— Thiago?

— Mike? O que aconteceu? Ele não quer vir?

— Ele disse que vem depois, vai esperar o treino começar pra que o irmão dele não perceba.

— E falta muito?

— Uns cinco minutos.

— Tá, vou esperar aqui.

Depois que Mike saiu, fiquei olhando na tela do celular impaciente contando os segundos, mesmo que não mostrasse segundos no display, já haviam passado quase dez minutos e nada, eu queria ligar, mandar uma mensagem, mas não podia, não sabia se o irmão dele perceberia, eu tinha que esperar.

— Thiago? Você está aí? Isso não é uma piada, certo?

Saí das sombras, ele entrou e me viu, parecia estar respirando aliviado, não sei do que ele estava com medo e não parei para pensar sobre isso, corri até ele e o abracei, sentia muito a falta dele.

— Me perdoa, Gabriel? Eu estava muito confuso, não entendia o que estava acontecendo...

Ele não respondeu, apenas ficou parado com os braços hesitantes em me abraçar, querendo, mas se esforçando para resistir, até que ele falou o que estava pensando.

— Você mostrou a carta para todo o colégio! Sabe o problemão em que me enfiei? Meu irmão está tentando consertar as coisas, ele disse pra todo mundo que foi você quem escreveu a carta e que eu estava no hospital para remover o apêndice, ele até arrumou uma menina do primeiro ano pra namorar comigo.

Afastei-me dele e o olhei nos olhos, vi uma lágrima se formando no canto do olho direito e vagarosamente escorrendo, o olho esquerdo já deixava as lágrimas escorrerem também, dei um passo à frente em sua direção novamente, mas ele recuou.

— Namorada? Mas você disse que me amava na carta.

— Eu estava confuso, passei um inferno no outro colégio quando me pegaram com outro menino no banheiro. Estava confuso por isso fiz aquilo e fui parar no hospital.

— Então você não gosta de mim?

— Meu irmão mandou eu ficar longe de você, ele até fez a diretora me trocar de sala para o nono ano B.

— Eu também estava confuso, nunca tinha pensado em você como mais que um melhor amigo, mas aprendi muito esses últimos dias, eu achava que era errado, mas não é, meu tio me disse que amar não é errado e eu acredito nele.

— O que importa agora? Você ferrou tudo mostrando aquela maldita carta, mesmo se nós quiséssemos, todos iriam rir e nos maltratar no colégio, eu não quero mais ser motivo de piadas, sem falar na minha família, eles nunca iam permitir.

Quando ouvi percebi que ele ainda gostava de mim, eu tinha que tentar, eu precisava, então fui até ele e ele recuou para a parede ao lado da porta, mas não saiu, continuei avançando até que ele me barrou com as mãos no meu peito. Falei para ele "nós podemos ficar juntos" e seus braços afrouxaram, já estávamos frente a frente, peito a peito, olhos nos olhos, a milímetros do meu primeiro beijo, estava tão próximo, tão perto que não notei a porta se abrindo, fui puxado violentamente, quando percebi estava no chão com o rosto ardendo, foi tudo tão rápido que meu cérebro não conseguiu processar as sequências do evento, eu olhava assustado para aquele brutamontes alto na minha frente, uns 18 anos, esbravejando um insulto atrás do outro.

— ...E se não quiser tomar outra porrada ou uma surra pra ficar todo torto é melhor ficar longe do meu irmão...

Depois de mais alguns palavrões, ele catou Gabriel pelo braço e saiu puxando-o aos solavancos, quase arrastando, puxou para fora da salinha, depois do ginásio e pela rua afora, enquanto isso eu ainda estava no chão meio tonto com a baita pancada e a boca cheia de sangue. Mike me ajudou a levantar e me levou até o banheiro.

— Lava o rosto e limpa um pouco desse sangue.

Ainda um pouco tonto, enchi a boca de água e cuspi ao mesmo tempo em que dei um berro; me olhei no espelho, estava com um baita corte e já começava a inchar.

— Calma. Tu quer que te ajude a ir pra casa?

— Não, não precisa. Aquele idiota não tinha que me bater.

— Ele é bem esquentadinho mesmo, mas entendo por que fez isso.

— Entende? Então me explica, porque eu não entendo como pode ser certo ele me bater.

— Ele só queria proteger o irmão dele, qualquer um no lugar dele faria o mesmo.

— Idiota, aquele brutamontes idiota... O Gabriel gosta de mim, o que tem de errado nisso?

— A opinião dos outros, maninho, é isso que tem de errado, e é por isso que ele fez o que fez. Eu te entendo também, tenho um primo que é assim como vocês, só que ele já tá na faculdade, ele passou por maus bocados, e é por isso que eu não ligo pra quem gosta de quem, eu vi meu primo sofrer bastante por causa da opinião dos outros.

Agradeci a ajuda de Mike e fui para casa, até esqueci que tinha que voltar para o culto, em casa peguei um saco plástico e coloquei gelo no machucado. Fui pro meu quarto e fiquei lá deitado com um saco de gelo na boca pensando no que tinha acontecido até escutar o carro da minha mãe chegar, foi quando lembrei que deveria ter voltado para a igreja, mas de nada ia adiantar se eu voltasse, pois não tinha como explicar a boca inchada e a camisa cheia de sangue, ela iria ficar louca do mesmo jeito

Agora só me restava esperar e aguentar a situação. Ela entrou casa adentro berrando meu nome, quando apareci na escada ela estava pegando o telefone, mas largou imediatamente e veio em minha direção gritando e esbravejando por eu ter saído do culto sem sua permissão e nem sequer ter avisado, como se ela fosse me deixar sair só porque pedi.

— ...E você não tem consideração pela sua mãe... O que é isso no seu rosto?

— Não é nada.

— Você brigou? Onde você estava? Quem fez isso?

— Não importa mais...

— Como não importa? Eu quero saber e agora, ainda sou sua mãe.

Em um rompante de raiva, olhei para ela e comecei a falar o que tinha acontecido descontando toda a raiva e angústia que sentia naquele momento.

— Quer mesmo saber, eu apanhei do irmão do meu melhor amigo e você nem se importa, só tá preocupada com você e essa porcaria de culto.

Ela me enfiou um bofetão do lado do meu rosto, que instantaneamente ferveu em chamas, tomado de cólera comecei a gritar e esbravejar tudo que estava sentindo, a dor e agonia de perder o Gabriel e o medo de tudo que estava acontecendo, o medo de ir para o colégio, o medo dos colegas de classe e dos professores, o medo das pessoas e de como elas iriam reagir e finalmente o medo de ela, minha mãe, não me entender como eu sou. Ela ficou eufórica, apavorada e possessa.

— Não, isso não está acontecendo, a culpa é do seu pai que te levou para aquele lugar, deve ter sido seu tio que colocou essas ideias erradas na sua cabeça.

— Eu não sou errado, mãe, só quero ser feliz, nem que seja só um pouquinho.

— Não, isso não tá certo, você vai pra igreja, é, é isso, vamos fazer uma vigília, vou falar com o Pastor, Jesus vai te curar.

Gritei com todo o ar dos pulmões e o pouco de energia que ainda me restava.

— Eu não quero ser curado, mãe, eu só quero ser feliz. Feliz, entende? Quero que alguém goste de mim como eu sou, quero poder amar de verdade alguém sem as pessoas para enfiar o nariz nos meus sentimentos.

Ela, que estava se agachando com as mãos no rosto chorando em desespero, ergueu a cabeça.

— Feliz? Amor? Como pode alguém ser feliz cheio de pecado? Sem Deus no coração. Amor? Deus é amor, o resto é pecado!

Ela veio em minha direção com a mão estendida, eu tinha certeza de que ela iria me bater novamente, saí correndo para meu quarto e tranquei a porta enquanto ela gritava do outro lado, eu estava desesperado, sem saber o que fazer, então liguei para o meu pai e, em meio aos berros da minha mãe, contei tudo que estava acontecendo, sobre o que tinha acontecido no ginásio e a briga com minha mãe e implorei que ele viesse me buscar, eu não queria mais ficar ali, era um pedido de socorro, estava implorando que alguém me resgatasse daquele barco afundando, eu precisava de um abraço, um porto seguro, algo para me segurar enquanto meu mundo ruía. Meu pai disse que chegaria em poucos minutos.

Desliguei o telefone e comecei a tirar as roupas do armário amontoando-as em cima da cama, catei tudo que podia e queria, até que achei a carta original do Gabriel em meio a toda a bagunça e, num impulso de raiva, a rasguei em pedaços; pouco tempo depois, escutei berros e gritos vindos de baixo, sabia que meu pai tinha chegado, mas não fui ver porque estava muito assustado para isso, me sentei no chão escorado aos pés da cama, tapei os ouvidos para abafar os sons da briga, mas não resolveu muito.

Pouco mais de uma hora depois, meu pai bateu na porta do meu quarto pedindo que eu abrisse, me levantei e abri a porta, me atirei em seus braços e chorei descontroladamente.

Catamos minhas coisas, que tinha deixado em cima da cama, para levar em uma única viagem até o carro; ao passar pela sala, vi minha mãe sentada no sofá esvaindo-se em lágrimas com as mãos no rosto; não consegui me comover, meu peito ardia, queimava, dilacerado com toda a dor que me afligia, não havia espaço para outrem.

CAPÍTULO 13

UM MÊS PARA SE ESQUECER

Nos dias seguintes à discussão com minha mãe, não fui para a aula, ainda não me sentia bem para enfrentar o que me esperava e não queria cruzar com o Gabriel, mas precisava, então decidi que voltaria para a escola na segunda, era o último mês de aulas e estava nas provas finais, eu não podia mais faltar.

Meu pai ficou muito atarefado com o escritório e o divórcio, mas sempre me ligava perguntando como eu estava, apenas respondia que tudo bem, pois nem saía do hotel a não ser para ir até o mercado que ficava próximo.

No domingo estava mais aborrecido do que o normal, então saí um pouco mais longe, mas onde ia parecia que estavam me observando, então voltei para o hotel e continuei curtindo o tédio com algumas revistas velhas que trouxera comigo. Quando anoiteceu a ficha começou a cair, segunda-feira era amanhã e eu tinha de ir para a aula mesmo não querendo.

Eram seis e meia da noite, meu pai ligou dizendo para eu tomar banho e me arrumar que iríamos jantar em um restaurante, era para esperá-lo na frente do hotel às sete e meia, mas ele atrasou uns dez minutos, a caminho do restaurante ele começou uma conversa.

— Thiago, tem uma pessoa que eu gostaria que você conhecesse.

— Pessoa?

— É uma amiga minha que conheci no escritório.

— Amiga? O senhor quer dizer uma namorada?

— Ainda não.

— Como AINDA não?

— Tenho conversado com ela e a conversa tem sido muito agradável, marcamos um encontro na sexta passada e nos entendemos muito bem, por isso quero que você a conheça.

— Mas e a mamãe?

— Eu e sua mãe estamos discutindo e brigando há um bom tempo, não tem mais como nos entendermos, ela não vai se acalmar tão cedo e a Sílvia tem me dado muito suporte no meio de tudo isso.

— Sílvia, é?

— Thiago?

— Nada, só estou pensando.

— Pensando sobre o quê?

— Se ela vai querer ficar com o senhor depois de me conhecer e saber o monte de problemas que nós temos e sobre mim.

— A Sílvia me contou que a irmã mais velha dela tem um filho como você e já está casado, ela gosta muito do sobrinho, acredito que vai gostar de você também, você é um garoto muito especial.

— O senhor falou de mim pra ela?

— É como disse, ela tem me ajudado muito nesses dias e eu ficaria muito feliz se vocês se entendessem.

— Vou tentar, pai, mas não vou mentir se não gostar dela.

Nisso chegamos ao restaurante, sentamo-nos numa mesa aos fundos e esperamos enquanto comíamos uns petiscos; uns vinte minutos depois, uma mulher alta, já com seus 35 anos, cabelos escuros e muito bonita chegou à mesa, meu pai se levantou e a cumprimentou fazendo as apresentações.

— Então você é o famoso Thiago?

— Thiago, sim, mas famoso é a última coisa que quero ser agora.

—Thiago?

— Mas é verdade, pai.

— Não liga, Sílvia, ele é bem mais simpático quando quer.

— Você é muito mais bonito que imaginei, fico feliz por poder te conhecer, Thiago.

— Desculpa, não quis parecer rude antes.

— Não se preocupe, não foi nada, e com quantos anos você está?

— Vou fazer 14 semana que vem.

— Vou comprar um presente bem bonito pra você.

— Não precisa se incomodar, eu já decidi que não tem festa nem nada, no hotel não dá pra fazer uma festa de qualquer jeito e também não tenho quem convidar.

CAPÍTULO 14

O DESTINO DE UM CORAÇÃO PARTIDO

As coisas iam bem entre papai e Sílvia, tanto que fomos morar na casa dela uma semana antes de as aulas terminarem, mas papai disse que seria provisório. Quando as aulas terminaram, dei graças, pois já não suportava mais tudo aquilo, pedi para Sílvia ir ao colégio pegar as notas finais, pois eu não queria ir à festa de formatura. Quando ela me entregou minhas notas, vi que as do último bimestre haviam baixado muito, mas mesmo assim tinha sido aprovado, já que tive notas muito boas nos outros bimestres. Dias depois meu celular tocou, era minha mãe dizendo que tio João havia ligado e queria falar com papai, que era para ele ligar, então perguntei como ela estava, mas ela nada respondeu e desligou o telefone, liguei para o escritório e dei o recado para o meu pai, e foi quando lembrei que mamãe também tinha o número de lá, então pensei que ela ligou para ouvir minha voz ou não queria falar com papai, eu estava sentindo falta dela, mas sabia que não podia voltar para casa, pois ela não me entenderia e iria me machucar ainda mais, com meu pai me sentia mais seguro e protegido.

Era dia quinze de dezembro, Sílvia chegou em casa toda esvoaçada com um punhado de sacolas e foi logo me estendendo algumas.

— Prova estas.

Olhei, tinha várias roupas sociais com diferentes cortes, cores e detalhes.

— Para que isso?

— Ora, não imagina?

— Vocês decidiram se casar e decidiram fazer uma surpresa?

— Claro que não, ainda não podemos casar, seu pai está no processo de divórcio.

— E então para que tudo isto?

— Amanhã é seu dia especial. Esqueceu?

— Dia especial? Ah, a festa de formatura, eu não vou.

— Claro que vai, até seu tio vai vir pra ver você se formar no nono ano.

— Então foi por isso que ele ligou dias atrás?

— Acho que sim, seu pai que me avisou que ele viria e era para preparar os quartos.

— Mesmo assim eu não estou a fim de ir, já foi difícil terminar o colégio.

— Vamos estar todos lá com você, não se preocupe, se alguma coisa acontecer vamos ficar ao seu lado e superar juntos.

— Eu vou, mas um pouco contra a vontade.

— Não precisa fazer manha, eu sei que você quer ir, é um dia importante para você, agora vamos, prove, vamos escolher uma roupa bem bonita.

Dito isso começamos a sessão de seleção de roupas, que mais parecia um desfile de moda, um entra e sai dos quartos, Sílvia tinha um vestido mais lindo que o outro, sempre achava um defeito e trocava, mas estávamos nos divertindo muito, até que decidi que ia usar a roupa que ela tinha me dado no meu aniversário e ela por um vestido azul longo que reluzia como se fossem escamas de cristal. Depois começamos a ajeitar os quartos...

— Tio João vem hoje?

— Não, ele vem amanhã perto da noite na hora da festa, depois vão passar a noite aqui e voltar no sábado ou no domingo de noite.

— Ele vem acompanhado?

— Parece que sim.

— Será que ele também arrumou um namorado novo?

— Não sei, mas parece que é gente da fazenda que vem com ele.

Perguntei se era o senhor Neco com a família, mas Sílvia não soube responder. Quando terminamos de arrumar os quartos, papai chegou e tentei perguntar sobre quem viria com tio João, mas ele apenas disse não saber, que tio João não tinha dito, passamos o final de tarde escolhendo a roupa do meu pai para a festa.

— Durante a janta, rimos e brincamos imaginando como seria a vida de casado do tio João.

No outro dia, não conseguia conter a euforia, mesmo tendo decidido a roupa no dia anterior, ia de um lado a outro procurando uma meia, um sapato, uma gravata, me apavorava cada vez mais, tinha me esquecido de ajeitar muitas coisas. Até que meu pai chegou com uma caixinha na mão.

— Este é meu presente para você, quero que você esteja perfeito para a festa de formatura.

— O que é?

— Abre.

Abri e dentro havia um relógio de pulso folheado a ouro com relevo de folhas de árvore muito bonito.

— Obrigado, pai.

— E não esquece meu presente.

Sílvia veio da parte da sala onde ela guardava os livros trazendo na mão um pacote, e um grande sorriso. Tirei de dentro da sacola uma outra caixa um pouco maior, a abri, era uma carteira de couro preta com um bordado em dourado.

— Já que você gostou do bordado da camisa, comprei a carteira assim que bati os olhos.

— É linda, obrigado, Sílvia.

— Acho que agora está perfeito. Não é Antônio?

— Só mais um detalhe.

— O que falta, pai? Eu achei que já estava pronto.

— Um acompanhante.

Ao som das palavras de meu pai, Luca e tio João entraram pela porta, fiquei sem palavras, tio João veio, me abraçou, deu um beijo na bochecha e depois cumprimentou a Sílvia se apresentando, enquanto Luca ficou parado na minha frente, esperando uma reação minha que não saiu.

— Você está muito bonito com essa roupa, Thiago.

— Você também, Luca, mas por que um acompanhante?

— Qual a graça de ir a uma festa sozinho?

— Mas, pai, já pensou no que os outros vão falar na festa?

— Eles que falem, o importante é você se divertir.

Conversei um pouco com Luca contando o que havia se passado desde o dia em que saí da fazenda, já ameaçava chorar quando ele colocou as mãos nos meus ombros.

— Ânimo, Thiago, você não quer ir para a festa com a cara toda inchada, ou quer?

— Não, mas é que dói lembrar.

— Você gostava muito dele, não é?

— Sim, mas só fui me dar conta depois de todo o estrago feito.

— Agora não tem mais volta, é erguer a cabeça e seguir em frente com orgulho, nós ainda temos a vida toda pela frente e muita coisa pode acontecer.

— Você tem razão.

— Thiago...

— Que foi, Luca?

— Eu queria te dizer uma co...

— Vocês dois, vamos ou vamos chegar atrasados.

— Já vamos, pai, o que era, Luca?

— Nada, esquece...

Quando chegamos muitos dos garotos do colégio nos olharam tortamente, uns cochichavam ao ouvido do pai ou da mãe. Entramos no salão, meu pai acompanhado de Sílvia e tio João entre mim e o Luca; durante a cerimônia de entrega do certificado, um garoto que estava na minha frente se virou e mandou-me ficar bem longe enquanto o outro que estava atrás me empurrou, quase caí, mas me mantive ali firme e sem reação.

Depois da cerimônia, começaram a pôr músicas, removeram os bancos do centro do salão e abriram espaço para quem quisesse dançar, havia muita bebida e comida, alguns já se amontoavam no centro do salão. Fui me sentar num dos bancos que estavam nos cantos, meu pai, Sílvia e tio João me olhavam de longe e Luca veio sentar-se do meu lado. Olhei em volta do salão e vi o Gabriel com a namorada do primeiro ano que o irmão havia arrumado para ele, uma lágrima escorreu pela minha face, não pude contê-la.

— Qual deles é ele?

Luca me perguntou percebendo a lágrima que escorria no meu rosto enquanto meus olhos olhavam Gabriel no centro do salão.

— Ali com a garota de vestido verde-claro.

Luca ia se levantando para ir em direção a Gabriel, quando o segurei pelo braço, então ele se virou de frente para mim e com a mão enxugou a lágrima nos meus olhos, nisso começou uma música romântica lenta, ele me puxou pelo braço e perguntou se eu queria dançar, pois aquela música era uma das suas favoritas, e me arrastou para o centro do salão, começamos a dançar vagarosamente, olhei em volta e todos começaram a parar, mas não me importei, na metade da música já se via um falando no ouvido do outro, e em meio a tudo aquilo vi o Gabriel, ele estava do lado da garota do primeiro ano, mas dava para perceber mesmo a distância que estava chorando disfarçadamente, então outra lágrima se formou e começou a descer pelo meu rosto, que rapidamente foi colhida pelas mãos de Luca enquanto sussurrava no meu ouvido.

— Não teve um dia desde que você saiu da fazenda que não pensei em você, me deixa cuidar desse seu coraçãozinho ferido?

Com o rosto colado ao dele, apenas balancei a cabeça em sinal de aprovação, então ele se afastou um pouco do meu rosto e com as mãos o acariciou rompendo a pequena cascata de lágrimas que descia, vagarosamente foi se aproximando até nossos lábios se tocarem e selarem aquele momento com um beijo doce e ao mesmo tempo salgado pelas lágrimas que antes já haviam descido rosto abaixo. Então senti algo atingindo as costas dele e meu braço simultaneamente, abri os olhos e vi ao redor todos com cara de nojo e reprovação, outros seguiram o exemplo do não identificado e começaram a atirar copos com refrescos e latas de bebida em nós, mas não paramos de dançar até o fim da música.

Tio João e meu pai interferiram quando a música acabou e nos tiraram dali. No carro olhei pelo espelho do motorista, tio João ria discretamente enquanto meu pai fazia uma feição meio zangada, meio que rindo, no banco de trás Sílvia abraçava Luca e eu contra seu peito, enquanto nós entrelaçávamos as mãos.

Quando chegamos à casa de Silvia, na sala começou uma pequena discussão sobre o que fizemos na festa.

— Onde vocês dois estavam com a cabeça? Estavam querendo ser linchados no meio do salão?

— Só me deixei levar pelo calor do momento, Seu Antônio, nos desculpe.

— Deixa os meninos, Antônio.

— Mas foi perigoso, vocês viram os outros em volta, a reação de espanto e nojo de todos no salão?

— Acho que os meninos fizeram bem, era a festa do Thiago, só o que faltava era ele não aproveitar, ficar sem dançar só porque estava com outro garoto, e vi um monte de garotos se pegando com garotas nos cantos do salão, por que eles não podem dar um simples beijo?

— Também vi, João, mas eram todos casais normais.

— Nós também somos normais, pai.

— Eu sei, meu filho, o problema é que os outros não sabem.

Todos concordaram no final e com as roupas ensopadas eu e Luca fomos para o quarto trocá-las, removi o cinto e quando ia começar a tirar a camiseta Luca veio até mim e foi para abrir os botões.

— Deixa eu te ajudar...

Fiquei um pouco vermelho e sem reação, então ele foi abrindo botão a botão até o último, me olhou nos olhos e passou a mão em meu rosto.

— Para Luca, alguém pode entrar.

— Eu tranquei a porta, Thiago. Eu me apaixonei por você desde o primeiro dia que te vi deitado no carro, lembra que fiquei te observando da varanda do casarão? Aquele dia na cachoeira, não disse nada porque você era o filho do dono da fazenda e não queria prejudicar o trabalho dos meus pais. Mas hoje eu não posso resistir, aquele beijo no salão significou muito para mim.

— Para mim também, mas...

— Qual o problema então?

— É que eu nunca fiz isso.

— Você está com medo?

— Um pouco, é estranho...

— Não precisa ter medo, não precisa pensar, e só deixar o seu corpo falar por você, sente...

Ele pegou minha mão e a colocou sobre seu peito, seu coração batia tão forte e acelerado quanto o meu, então fui me deixando levar pela situação, conduzido por Luca, que removia suas roupas e as minhas, em meio a um abraço, que desejava eu, fosse eterno. Já seminus me conduziu até a cama onde ficamos frente a frente a poucos centímetros de distância, até que ele veio em minha direção apoiando meu corpo com seu braço pelas minhas costas, fui me deitando lentamente, seu corpo cobria o meu, o coração disparava, nos beijamos. O medo havia passado, tudo era agora somente respostas e nada de perguntas, estávamos ali os dois juntos um para o outro e foi assim que

adormecemos um nos braços do outro. Acordei com Luca me observando ao meu lado, abri um sorriso um pouco envergonhado, um pouco feliz.

— Bom dia, dormiu bem?

— Quase como um anjo. E você?

— Com um anjo ao meu lado? Só podia ter dormido no paraíso!

Rimos, por um tempo, nos trocamos e então descemos para o café da manhã. Quando chegamos à cozinha, tio João nos abraçou e foi logo perguntando.

— Como foi a noite do casalzinho?

— Tio?

— Vocês dois assim vermelhos estão parecendo dois tomates. Thiago, seu pai e Sílvia saíram hoje cedo, eles queriam aproveitar o sábado para namorar um pouco.

Rimos um pouco e nos sentamos à mesa, tio João disse que sairia para fazer umas compras, após o café eu e Luca curtimos um dia especial a dois, como nunca eu havia imaginado.